岭南新语书系

我的台山小镇

刘荒田◎著

南方日报出版社
NANFANG DAILY PRESS
中国·广州

图书在版编目（CIP）数据

我的台山小镇 / 刘荒田著. — 广州 : 南方日报出版社，2023.11

（岭南新语书系）

ISBN 978-7-5491-2613-2

Ⅰ. ①我… Ⅱ. ①刘… Ⅲ. ①随笔－作品集－中国－当代 Ⅳ. ①I267.1

中国版本图书馆CIP数据核字(2022)第175814号

WODE TAISHAN XIAOZHEN
我的台山小镇

著　　者：刘荒田
出版发行：南方日报出版社
地　　址：广州市广州大道中289号
出 版 人：周山丹
策划统筹：谭庭浩
责任编辑：陈　焱
装帧设计：邓晓童
责任校对：熊丽思
责任技编：王　兰
经　　销：全国新华书店
印　　刷：广州市岭美文化科技有限公司
开　　本：889mm×1194mm　1/32
印　　张：7.25
字　　数：133千字
版　　次：2023年11月第1版
印　　次：2023年11月第1次印刷
定　　价：48.00元

投稿热线：（020）87360640　　　读者热线：（020）87363865

序　言

杨苗燕

时常觉得，读到一本好书，真的是一种幸福。因此，当刘荒田先生问我是否可以给他这本新书写个序时，我虽惶然，却一口答应。给自己的理由是：我又可以读一本好书了。至于自己是否够格写，能否写好，来不及细想。

刘荒田先生从二十世纪九十年代以大量散文随笔走入文坛至今，一直用文字去记录那些消失的、边缘的、永在的命运和事物。他以个人视角采撷日常生活的质感，在热闹喧嚣中体察人间烟火气息的幽微，用平静又略带幽默的语调重新发现和还原生活本来具有的色彩和味道。可以这样说，刘荒田作品的最迷人之处，就是用个人的视角，捡拾和擦亮历史的细节，凸显记忆深处的日常之光。

翻开这本书，真的无法不喜欢小镇店铺“永益隆”，那是一个多么丰富的世界。它不只是作者从儿时到青年时代的家，更是一个宽阔的人生场景。“我”在这里一天天长大，有帮忙看书店顺便读书的光景，有跟着老师学画、跟着朋友捉鱼的经历，有初恋的感觉，有工作赚了钱的时光……历史的车轮也在这里一天天地碾过，盖房子，开生意，私产收归国有，大鸣大放，按百分比定右派，上山下乡……整部作品以“我”的灵视之眼展现故乡台山的时代影像，家族成员与小镇居民共同构成了那个特殊年代的市井世相。它让我读到这样的启示：故乡其实是随身的行囊，无论“我”居住在何地，行走在何方，每一种离去，都只是换了一种方式回归。

父亲正要离开“粪間”，一门之隔的雷书记宣布紧急会议开始。父亲不敢推门走出，生怕平白担上“偷听”的罪名。好在会议是抢在分组讨论会的间隙召开的，为时只有十五分钟。但十四名人民教师在这短暂的时间被彻底改变命运。（《我的家——永益隆》）

刘家铺子“永益隆”所发生的一切，常常无意间便浓缩了一个时代的风云变幻。

老两口照例在黎明前醒来，祖母先报告昨天所见所闻，巨细无遗，绘声绘影。祖父唔唔应和，偶作评点。尽管前半夜受虎啸龙吟般的呼噜所扰，但被他们的絮语吵醒后，我从来不觉厌腻。市井人生的独有魅力，我是从这里

开始领略的。”（《我的家——永益隆》）

我们阅读这部作品时，总感受到某些触动内心的力量，轻柔而恒久，它回溯我们的记忆深处，关乎我们的精神成长。这种成长不仅属于个人，也反射时代的精神样貌。尤其是曾经的“当下”变成了如今的历史，当悠久绵延的记忆浮现出来，如何书写它们，十分考验作家的功力。对书中叙述的那个特殊年代，作者采用了回溯记忆原点的策略，用美学上的克制替代了对风云激荡的时代的表面概括，让全书保持了足够个人化的叙事风格，同时也保留了丰满的历史感和现场感。在阅读体验上，读者未必感受到某种人生残酷的意味，倒像是在一个静谧的夜晚，听一个智慧的老人讲述他遥远的往事。那记忆中的情感，犹如夜空中的繁星，时而耀眼，时而黯淡。

历史的主体一定是人。这部作品施以浓墨重彩的，当然是人。“温情被重重叠叠的艰辛压在底层，像雪被里的嫩芽一般，无法冒头”的祖母；“比练字更频繁的，是背诵旧体诗”的祖父；婚姻“平顺、和谐、圆满”的姐姐；“在生命的链条中，他是广施的春雨，我是侥幸受到灌溉的幼苗”的老师；“终其一生，‘小学程度’成了他最大的心病”的朋友；“历尽人世苍凉才有的丰富”的邻居……每一个都那么栩栩如生，闪烁温暖的灵光。作者虽然写的是非虚构，但人物刻画却颇有小说家的气度。

忽然，祖母的手发起抖来，带着浓重的哭腔，决绝地说："不能拿这么多，想倾家荡产啊！"一把将价钱三块多的金笔夺回去，小心地放回绒布盒子内。我拿起一个精装笔记本，祖母皱着眉头说："一块五一本呢，小孩子用这么贵的簿子？"我高声反问："你不是刚说过，明天起东西不再是我家的吗？"祖母眨巴着眼睛，泪水叭叭滴下，如梦初醒，连说："对对，拿，尽管拿好了！"（《我的祖母》）

时代中的人，人所处的时代，真是山河远阔，人间烟火，无一是你，也无一不是你啊！

傍晚，阿彩领着生活进我家。经过老婆"加工"，生活的形象比我想象的好，衣服整洁，脸上没有污垢，但脸色黧黑，可见肝脏已受严重的损害。和我的交情超过三十年的朋友，坐在我身边的带扶手沙发上，我握着他的手，感到他的手在颤抖。我久久凝视他的脸，线条依然不错，可是五官凑不成一个"人"，看到的是被酒精销蚀的骷髅。（《他的名字叫"生活"》）

这种"残酷"，在作者笔下是少有的。生活中，其实真正压垮人的，不是那些突如其来的灭顶之灾，而是堆在你心里看似不值得一提、日积月累的心事。

谈及“写作与故乡”的关系时，作家余华常以“我只要写作，就是回家”作答，他在杂文《生与死，死而复生》中坦承道：“我的每一次写作都让我回到南方。我现在叙述里的小镇已经是一个抽象的南方小镇了，是一个心理的暗示，也是一个想象的归宿。”作为台山人，刘荒田这部作品是一份彻头彻尾的故乡记忆。但是，那些人生中的瞬间、那些岁月中的片段，仿佛记忆墙壁上的钉子，一颗一颗深深地镶嵌在我们的记忆深处了——作家笔下的水步镇怎么可能只是水步镇呢，它代表着我们的所历、所见、所念、所思，永益隆不只是永益隆，名叫“生活”的发小不只是“生活”，媚姑也不只是媚姑……它（他）们是它（他）们自身但又不只是它（他）们自身，借由荒田老师的书写，它（他）们已经变成了我们共同的记忆。

2022年5月

写于加拿大多伦多

目录

前　言

一

现在的水步镇，搜索“百度”，可见这样的内容：

水步镇，隶属于广东省江门市台山市辖，地处台山市北部。东邻新会区，南接四九镇台城街道，西邻开平市，北连大江镇。镇人民政府驻地距台城8千米。区域总面积114.61平方千米。2019年末，水步镇辖区户籍人口46067人。

明清时期，属新宁县德行都、文章都。1983年8月，撤销公社，改设水步区。1986年12月，撤区建镇。截至2021年10月，水步镇辖1个社区、20个行政村。镇人民政府驻水步圩水步大道2号。

截至2019年末，水步镇有工业企业164个，其中规模以上有44个，有营业面积超过50平方以上的商店或超市8个。

水步圩建于清嘉庆年间（1799年）。一个世纪以后，十户人家在离水步圩不到一里的南面建立新荣市，因此，这个小市集被称为“十户圩”。1924年，和水步圩一河之隔的共和市开始兴建。共和市的前身是农田和荒山。创办人按照西方流行的商业模式，由十三位出资者（包括国内的士绅和海外的邑人）组成董事会。董事会下设执行局，负责从购买土地、设计、建造商铺到出售的全部事务。执行局购入土地后，再分割为小块，卖给有意兴办实业的地产商和建商铺的人。

水步镇地标碉楼

2000年，一位和我同样在水步镇长大的发小转来一篇碑文：

筹建共和市弁言

自强邻实行经济侵略，而大陆遂起商战风云。往昔且然，于今益烈。藩篱尽撤，中国已为鹿逐之场；桑梓关怀，我邑犹是鸠安之地。十年来亟图自治，百里内咸与维新。改造市场，密如棋布；经营商业，竞尚潮流。此同人之用是提倡，亦本市之所由筹建也。

矧此处人烟稠密，地点适宜。轨道纵横，胜似板桥之驿；溪流环绕，恍如桃叶之津。择地而辟草莱，集资以营街市，匪持重交通而便往来，挽利权而兴实业。行见马龙车水，胜迹留题；鬓影衣香，游踪弗绝。

惟是谋事最难创始，立志犹贵坚持。大禹凿山，斧痕宛在；始皇驱石，鞭影犹存。所望海外华侨，咸怀梓里；乡中巨贾，共解荷囊。勷厥成功，完斯美举，则轻裘集合于狐腋，而平地即可起楼台。

谨弁浅言，聊当小引。

民国十七年夏日汤伟夫撰

立碑日期为1928年，距发起之年四年，该是建圩工程粗具规模之后的阶段性总结。骈四俪六，有模有样。作者汤伟夫可是台山教育界名宿，抗日战争前后任台城第一小学校长。他是水步汤边乡福田村人。他家乡的大祠堂，门额上“国华汤公祠”五个大字，是北伐以后担任过国民政府主席的谭延闿所题。请得动这位大人物的，就是汤伟夫。

董事会成员中，我小时候认识一位——林绍舜。他排行第二，比我祖父大七八岁，人称“二公”，乃一方名医。他的原配在广州，实际上已分居。陪他过日子的是南海籍的“二婆”。二婆操地道的广府话，夏天一身飘逸的薯莨唐衫，摇葵扇到我家开的店和祖母话家常。肥胖的二公，每天中午必读《羊城晚报》。《羊城晚报》创办于1957年10月1日，从一开始祖父就订阅。祖父读完，随即派遣刚刚学会走路的三弟把报纸送给恭候的二公。三弟乐此不倦，因为二公会给他棒槌糖。那该是1957年末尾。

二

我趴在母亲背上，从小镇回村里去，同行的有大我三岁的姐姐，挑着两个箩筐的祖母。背带很紧，勒着身体，但手脚能动。我的小眼睛越过母亲的肩膀，看到前面的稻田。天空灰暗，气氛紧张。路上人人只顾赶路，背后有隆隆的炮声和噼噼啪啪的枪声。我在背带里，身往上拱，脚乱蹬，嘴巴咿呀咿呀地叫，发泄快乐。成年后曾向母亲求证，她认为我没记错，还笑骂：“兵荒马乱，人心惶惶，就你这样兴奋。”这该是此生的“第一次记忆”了。查地方志，1949年9月，南下大军进入广东境内。10月1日，中华人民共和国成立。10月22日晚，县城台城宣告解放。24日，滨海总队1500多人进城。当天宣布成立台山军管会，全面接管政权。台山县人民政府发布96号布告，开始施政。据此推断，全家按照古训，把在镇上刚刚开张的文具店关掉，回村里躲避，是10月22日前一天。彼时我的年龄应是一岁五个月，一个踉踉跄跄地走路、牙牙学语的小屁孩。同一段时间，在省城岭南大学新闻系就读的叔父回到乡下，用徕卡照相机，为母亲、姐姐和我拍下照片。我被母亲抱着，脸孔胖嘟嘟的。少年时代起因营养不良，腿变为麻秆，十二岁小学毕业，体检记载为：身高144厘米，体重66市斤。

二十世纪的五十年代，我完整的童年在水步圩度过，直到1960年进县城中学当寄宿生，一去就是八年。本来于1966年夏天完成高中学业，但高考被取消，我和别的“老三届”学生一样，留校参加“文革”，待到1968年。其间，逢周末、农忙假、寒暑假，依然以小镇为家，尽管母亲和弟妹已迁回乡村。1968年8月至11月，离开学校后回小镇待了三个月，无业，自封为“丈街委员”。然后，成为知青，户口迁到祖屋所在的村庄，它离小镇不过三里。到了七十年代后半，妻子进公社办的缝纫厂当工人，在铺子里住宿，并照顾我年迈的祖父。我在县城上班，回铺子的次数增多。1977年，我在铺子里头给墙壁高处刷白灰水，脚下的高凳散掉，一个屁股墩落下坐骨神经痛，时好时坏，折磨我至老年，这是小镇留下的最切身印记。

西哲云，童年是成年男人的父亲。

晚年，将藏匿于记忆深处的小镇挖出，追述旧事，反思故人。

我的家——永益隆

“永益隆”是我家开的商铺。1947年以前，祖父母在距离水步圩三公里的大江圩开海味杂货店，商号叫“永益源”。这一年，租约到期，为了避免被迫迁，决心自建商铺，一劳永逸。地址选在水步圩，理由是离村子较近。我家有三石二斗的稻田，一年要忙春耕、夏收、夏插、秋收，除雇帮工，全家都要下田。

买地皮加上建两层高的铺子，要花三万多元。这笔巨款，一方面来自外祖父的馈赠。此前一年，在旧金山唐人街与开平关氏叔侄合开豆腐店的外祖父告老还乡，他带回的金山箱里，有给我母亲——他的独生女儿的礼物，那是全套化妆品和工具；给乘龙快婿的礼物则放在随身带的小行李箱，那是一张买来的“出世纸”。外祖父在旧金山向一位乡亲买的，花了2300美元的重金（这笔钱，在那个年代绝对可以在旧金山唐人街兴旺地段买一栋商铺）。凭这张官方证明，父亲可以冒名顶替，变成证明上所填写的男婴儿“关雄进”，到美国去和生父团聚（第二次世界大战后，美国允许华裔美国人在母国所生的子女移民美国）。若然，在1948年的旧金山唐人街，原名“刘柏暖”的父亲变身为关氏后人，继承他岳父在企李街“和合”豆腐店的股权，老板和雇员一身二任。十年后，他的手指和我外祖父的一样，指甲残缺，为了天天泡芽菜，做豆腐，离不开水和石膏的缘故。若然，我母亲将只有两个儿女——1945年出生的姐姐和1948年出生的我，不会有五十年代陆续出生的两个弟弟和两个妹妹。但父亲不愿离开母亲和如日中天的事业，他毅然改写本人以及家族的生命史。在传统上把出国当作“最好”乃至“唯一”出路的侨乡（我家乡的方言中，“出路”是一个含义独特的词汇，“出国谋生”叫“去出路”，意思是，只有走出国门，才算有了正经的“出路”），他把出世纸卖掉，所得的钱加上家里的全部积蓄，用来在公和市中心地段买地皮，建商铺。

永益隆商铺

永益隆共两层，地下（粤语，指一

楼）高约五米，二楼高约两米。两层之间有一个长度约等于全长三分之一的阁楼。

为我的青春时代定下精神坐标的罗曼·罗兰，把人生的第一个阶段称为“黎明”。我生命中最初的朝阳是在水步镇升起的。家里，我是长子嫡孙，格外受宠。上学前一年，随祖父到离小镇两里的乡下祠堂领烧猪肉，回家路上，如果祖父不把一块带脆皮的肉放进我的嘴巴，我便赖在地上不起来。我吞咽又快，一块刚能对付十来步，停下来耍赖多次。祖父不耐烦了，声称我不走，他就把我甩掉，说完，指了指龙田村后黄土岗的断壁，下面是黄水汹涌的横水河。我料定祖父舍不得，便在地上打滚。祖父屈服了，依旧每走一会就贿赂一块肉，崩瓜溜脆的皮在阳光下闪着油光。走到虎山山脚，祖父忍无可忍，咬牙切齿地说：“回到家收拾你！”到家后他却假装忘记了。

我上学那年才六岁，比一般孩子小一岁。不是早慧，而是天天在家捣蛋，教做生意的大人们头疼，非要尽可能快地把我关进课堂。更早一年，祖母就试图通过虚报年龄，把我送去注册。但那时入学不看年龄，只看一个姿势——叫小童把右手举起，从头顶弯下，若能触到左耳便算合格。这一关我过不了。把我带进学校去的姐姐，嘟着嘴巴把我带回来。

次年，即1954年，满六岁，我终于被学校收下，同班的绝大多数是七岁。上学第一天，由姐姐带领，路上由她严密监护，提防我中途溜走，下河玩水。放学回到家，母亲在做针线，问我学校怎么样？我说很好。祖母笑嘻嘻地从货架上拿出一副最小的扑克牌（价值为五百元，即五分钱），作为奖励。其实，我破格入学，是校长给了祖父面子。校长和老师三天两头来永益隆买粉笔、墨水、纸张等，彼此熟悉，好说话。

上学以后，最爱玩“啵啵筒”（以粉单竹子作枪筒，以细竹裹上布作头，将浆果放进筒内，猛力一推，浆果啵一声，子弹一般飞出）。午间一家人团团坐吃饭，我因为“子弹”打光，非要马上采来浆果。其时门外倾盆大雨，大人怎么劝也不听，我就是不拿起筷子。最后，父亲和我谈判，只要我吃饭，他愿意陪我去树林。饭后，祖父和父亲戴着笨重的蓑衣，一边摇头一边哄我，领着我走进小镇外面的林子。体胖的祖父在旁边扶着，父亲爬上楠树溜滑的树干，摘了一大把浆果，三代人乐颠颠地往回走，到家时全成了落汤鸡。

上小学二年级，端午节到了，大雨刚停，河水暴涨。我手里拿着通红的螃蟹壳，要到河里去放“小龙舟”。大人说万万不行，埠头那么滑，站不稳，让洪水卷走怕不怕？我的绝招是大闹。祖父屈服了，肩上披一条大毛巾，带我走下花岗石砌的埠头。我不舍地放手，螃蟹壳在漩涡里沉没，浮起，远去。祖父把我的头按进水里，恨恨地说：“看你还敢！”看我的嘴唇发白，赶紧用汗味足以熏晕人的毛巾裹起我，抱我上岸。爷孙相对咯咯地笑。那一年祖父五十五岁。

现在，且让我调动底层记忆，把永益隆的内部描绘出来。

骑楼下

门外的骑楼和街上其他店铺一模一样，可见是标准样式。祖父为人宽厚，骑楼的空地让小贩摆摊。白天，一位我称为松伯的矮小老人摆小摊，一块门板上摆着一包包烟丝，包装简陋，面上三个笨拙的绿色楷体字——“朱广兰”。祖父抽水烟筒（土名“大碌竹”），烟丝是从他那里买的。松伯六十多岁，在河边附带大菜园的木屋独居。年轻时是浪荡子。有一次，他开罪了“荣园饼家”的老板娘，老板娘咬牙说他的坏话：“矮仔松老了才规矩点，年轻时，有一次四个女招待（“妓女”的民间别称）从外地坐‘疍家’艇路过，次日到台城去，想找个便宜的客栈过夜。松伯扮好心，让人家免费住他的木屋，半夜里一个个地强奸，姑娘的哭声活像鬼叫，河边几户人家都给吵醒了。”

夜晚，骑楼下摆摊的是传康公。50多岁的高瘦汉子，八字胡，爱看书，胸前老挂着只有一条腿的老花眼镜（另一条腿用细红绳代替）。他卖的是豆腐花和凉粉，还有甘蔗。我每次买到“公仔书”，他必迫不及待地借去，拼着少做生意也抓紧时间看。有一次我在看《一个顽童的转变》，他远远看见，把我叫到档前，央求道：“给我看三分钟，好不好？”话音刚落，他从大木桶里舀了一小勺豆腐花，加上少许糖浆，递给我，作为交换。这么少的“贿赂”哪里够？我把豆腐花倒进喉咙，把空的厚底瓷碗递回去：“时间到了！”他马上赔笑脸，以谄媚的口气和我谈判：“再等两分钟。”随即往碗里加上小勺豆腐花，如是者三四次。买豆腐花的人所排的队已延伸到骑楼外，他视而不见。他为了报复我过分的敲诈，一次，看我从铺子走出，举起一截长不过两寸的削了皮的“雪梨蔗”，问我：“要不要？”“要！”“你说三次，馋嘴阿华流口水。”阿华是我的名字。我毫无节操地照办。“文革”时代的红卫兵强迫“牛鬼蛇神”高呼打倒自己的口号，我此时已开先声。直到今天，九十岁的母亲还拿来当笑柄。那一年我五岁。

1955年，永益隆如日中天，成为本镇文具行业的龙头老大。父亲在晚年自豪地回顾，开张头三年，因为建铺花光了老本，流动资金短缺，货物不足，难以摆满货架，便以空纸箱充数，但很快上了轨道，存货十分充足。雄心勃勃的父亲重新设计招牌，先找全镇最好的油漆工林振，给门面刷上新漆。林振是中年人，一生以扎脚手架，并以竹木搭建临时建筑物如戏院（俗称“蓬厂”）为业，人称“蓬厂振”。父亲以这样的例子说明“蓬厂振”手艺：1958年，水步镇成立“红旗人民公社”，新建了大礼堂，指定由他负责刷白灰水。他为整个礼堂的天花板粉刷一次，地面没有留下一滴。永益隆骑楼的天花板刷白色，四根柱子刷米黄色。两根当街的柱子，分别写上“专营文具纸料镜画”和“价廉物美零售批发”。和满街由塾师书写的“书法招牌”相比，可算标新立异，这是刚刚流行的宋体美术字。先由全镇美术字最拿手的中心小学校长李梅生写在报纸上，再在底部抹一层蓝靛粉，“蓬厂振”将报纸贴在柱子上，描下线条，再以红漆油填空。

大门

大门由六副对开的门板拼成。门板均高一丈多，外面漆成猪肝色，里面是原木色。每天早上，祖父把宽大“唐裤”上的皮带往里扣紧一个孔眼，响亮地咳嗽一声，带着自信的微笑，把固定所有门板的横杠卸下来，再把一副副门板托到骑楼和大门交接的一角。一边扛一边哼唐诗：“春眠不觉晓，处处闻啼鸟。”让安分小商人感到心里踏实的人生，就这般拉开序幕。

“开市”这日常生活的开篇，年富力强的父亲很少干。一来，他负责采购，常常外出。二来，即使在家，也因为夜晚有应酬，睡得晚，早上总比祖父迟起。更重要的原因是，祖父爱包办。祖父到了晚年，右肩膀明显倾斜，我疑心部分原因在于常年托门板。

关于“门”，有一桩旧事值得提及。1955年某天凌晨一点，全家人还在二楼酣睡。大门“砰砰”响起来。祖父第一个被惊醒，起床，点亮大号煤油灯，下楼，趋近大门，高声问：“谁？”“是我，阿伦。”“什么事？”“……没什么，想知道阿暖昨晚回家没有。”“早回来了，正在睡。有急事吗？我叫醒他。”“哦，不必。这就好。我走了。”祖父听到门外的脚步远去，嘟囔一句“莫名其妙”，上楼去。原来，昨晚父亲和这位最好的朋友——在本镇拥有布店、饼店和百货店的林老板斗酒，父亲气定神闲地喝下四斤永利威“五加皮”，扒饭夹菜，谈笑如故，散席以后各自回家。林伦躺在床上，对太太赞叹阿暖的酒量，太太差点从床上跳起来，说：“喝死人怎么得了？”林伦慌了，再也睡不着，下床，出门，来我家探个究竟。那一年，父亲二十八岁，林伦二十六岁。一对哥们是水步镇最有影响力的商人。

铺子地下前半——商店

铺子地下一层，从门口到厨房可一眼到底，并无间隔，但分为两部分，前部分，占三分之二面积的是商铺，有长方形柜台，以厚玻璃为面，是小镇内难得一见的豪华设备，里面放着贵重商品，如金星牌铱金笔、订书机、正宗湖笔、徽墨、墨砚、烫金请柬，还有零碎货物，如粉笔、铅笔、粉笔刷、铅笔刨。柜台后面，是触及天花板的货架，上面摆着描红簿、成刀的草纸、标语纸、彩色纸、供写挥春（春联）的年红纸、各式各样的作业本、备课簿。另外一面墙壁，无货架，挂满尺寸不等的镜画。文具的齐全和品质的可靠，还有无可匹敌的实惠，成就了永益隆的口碑。挑货郎担走遍四乡的小贩说，人家永益隆的零售价，比别家的批发价还便宜，我们去永益隆进货得了，何必去县城？

1956年，我八岁。春夏两个假期的末尾，各小学行将开学。逢阴历五和十的圩期，农民把鸡鸭蔬菜卖掉以后，头等大事就是为上学的儿女买文具。这时我忽然发现，祖父母有这么多亲戚和朋友。老实巴交的文盲，把扁担、箩筐乃至鸡公车留在骑楼一侧，怯生生地进来。毕竟，文具店并非他们经常光顾的地方，这次是为后代教育而来。有的家长把孩子带上，让孩子自己选，他们在背后监督。多半出于省钱的考虑，把孩子要的带彩色图案的铁皮铅笔盒换成纸皮做的，把五分钱一本的带方格作文簿退回，换成三分钱一本的。两代人之间讨价还价。我仰头看着那一张张黝黑的脸，浮现出不好意思的笑。原来，农民对与“读书”有关的物品及行为的崇拜，如此可爱！

高峰期到，我们须全家出动，平时不露面的母亲也出现在货架前。十一岁的姐姐独当一面，我站在柜台后屁颠屁颠跑个不停，听姐姐的吩咐。“三支铅笔、一个橡皮擦、一支狼毫、一瓶和平牌墨汁。”“哎！”我应一声，跑去把货物捡齐。祖母坐镇收钱台，冷静、机警地观察全场。肩膀上搭一条毛巾的祖父，笑呵呵地和熟人打招呼，忙得一身大汗，拿起毛巾擦擦。顾客买一幅“龙凤呈祥”的镜画，他用红漆油在镜画右上角，写下“×××新翁志喜”，在右下角写下“××××合家敬贺”，放到通风处，吩咐买家去外面转转，“你家阿财今年上学了，去‘华新’买个书包吧！新到的，说是我介绍的，拿个八折。回来时，油漆干了。”过了一会，便用旧报纸把镜画包好，让顾客拿回。

作为少东家的父亲，除非极忙，否则不在店里卖货。他是1949年后水步镇的第一任工商联主任，县人大代表。他要参加很多会，胸前常常挂着俗称“燕子尾”的红布条，在镇里和县城的大会会场进进出出，还去广州参观第一届“苏联社会主义建设成就展览会”，买回来足以把牙齿酸落的糖果，原来都是甜菜做的。

父亲的主要职责是采购，常常跑邻县开平的三埠镇，去那里提从广州发运的货物，或者就地采购。父亲在老年，向我谈起他经商的诀窍，道破为什么永益隆的零售价低于别的商户的批发价：“我到了广州，走进商铺，和老板套近乎，借来电话号码簿，比如，要买永利牌墨汁，我先打电话到厂部办公室，说明来意。生意送上门，厂家哪有不欢迎的？马上把地址告诉我。我到了厂里，参观，和厂长聊天，三下五除二，交易谈成，买多少箱，送到三埠镇哪个码头，谁收货，五分钟搞定。这样进货，一个中间商也没有，不便宜才见鬼！”

铺子地下后半——客厅、工场、饭厅

上面所述可算“一进”，余下的三分之一面积，以一个木制柜台为界，算作“二进”。

这一部分的功能，首先是客厅。不设屏障，隐私是没有的。而这正是祖父与父亲的“文化策略”，他们要让所有进门的顾客看到，这里不但卖货，而且是文雅的社交场所。一张橙色木沙发，加上四张酸枝扶手椅，一个小茶几，上面搁着一个大号圆筒状粗瓷茶壶。严冬时节，茶壶放在用草编成的保暖袋里。每逢圩期，客厅的角落总摆满“趁圩篮”、竹箩、扁担乃至猪崽，都是四乡来的农民暂时寄存的。

顾名思义，文具店是“谈笑有鸿儒”的地方。行政区域上的称谓为“十三区”的水步，数十所小学的老师，是祖父喜欢接待的客人，出发点固然是生意，学校用的粉笔、粉刷、备课簿、表格、标语纸，可是大进账。1957年前后，老师们最爱说到的字眼，是“洗脑”，即改造思想。以“不通文墨”自谦的祖母，动不动讥笑说话越来越拘谨的老师。“洗得真干净，我差点连人也认不出来了！”——一个名字带“流”字的男老师，和祖母开玩笑惯了，从县城参加整风会议回来以后，和祖母说话时夹上拗口的政治术语，祖母便这般刺他一下。

还有一位名人，叫刘孔眉，小祖父一岁，是祖父的同宗。从前教私塾，1949年后当过短期的小学教员。他脸白无须，才五十多一点，出门便带上手杖，以增威仪。他坐在唯一的藤椅上，晃着二郎腿，口水星子乱飞，说：“孔巨兄，不瞒你，我上蒙馆第二年，作文就出了名。那一回，业师从‘四书’拣出一句：‘无罪而戮民，则士可以徙。’要学生做八股文。你猜猜我是怎么破题的？”他站起来，背着手，缓缓走动，下意识地捋着并不存在的长须，清了清嗓子，说：“听好。”抑扬顿挫地念：“‘夫古之圣王者，以好生为德，……昔夏禹下跪泣罪，商汤三解其纲；……而况无罪而戮民者耶！……故为士者明哲保身，不徙尚欲何为？’别看这一篇才一百多字，业师加了几十个圈，眉批才厉害，又是‘起句不同凡响’，又是‘言简意赅’。不用说，还拿去‘贴堂’。”祖父一边抽水烟，以“咕噜咕噜”的水声应和，一边摇头晃脑。孔眉公一脸得意。

祖父是大忙人，他要坐镇前台，不能常陪客人高谈终日。常常是客人自行喝茶，聊大天，轮流抽积满烟垢的水烟筒。有一年，春节到了，大年初三按惯例在小镇举行俗称“开盘”的武术表演。从大牛山下来的一个教头级人物，舞了一路关刀，赢得满场喝彩。表演完后，几个乡亲进店歇脚。我放学回来，听到他们以关刀为话题谈得起劲。“你们可知道，为什么关公舞青龙偃月刀，有一个拖刀的动作？”发问者是外号“百晓”（即“什么都晓得”）的刘栋。“不就是用计斩蔡阳嘛！”有人不屑他训人的语气，讥讽他。刘栋的脸色难看起来，说：“你这么博学，说说看，为什么要这样——把关刀来回磨一次，跃上前一劈，再来一拖？”对方哑了口。“哼，别自恃读过三国，书里可没有。揭开谜底吧！蔡阳是莲藕精托生，一刀斩断头颅，颈上还有藕丝连着，马上又活过来。关公斩他几次都不死，最后，猛张飞教二哥一招，把头砍去以后把刀来回拖，丝全断掉，才把蔡阳收拾了。”大家不能不佩服。我听得入神。

办公桌

堪称豪华的办公桌，橘黄色，桃花心木制的，带五个抽屉，上铺厚玻璃。桌面右上方刻着“永益隆大宝号新张宏发”，左下方刻着二十多个名字，是他们凑钱送的。我认识其中的几位，如曾经担任水步镇建圩筹备委员会董事的林绍舜医师，以及成为父亲至交的林伦。

这张桌子，父亲极少用，祖父闲时铺上光怪陆离的纸——有的是论“令”批发的成叠白纸的底和面，有的是印制描红簿不合格而汰下的劣质草纸，有的是旧报纸。我读三年级时，放了暑假，全校学生订阅的《新少年报》，邮局先放在永益隆，再请订阅者来拿。多数人没来，一沓沓报纸，后来都被祖父拿来临柳公权和写幼年上私塾学的警句，什么“山不在高，有仙则名”，“落霞与孤鹜齐飞”，“君子有三畏”。

祖父有时技痒，也玩真的，拿出珍藏的宣纸，正正经经地写中堂，那是因为“知识分子”在旁吹捧。文具店和教育关系最为密切，四乡的所有小学教员都来永益隆买办公用品。一来二去，永益隆成为教师社交的场所。水步镇教师工会购置了一套乐器，有锣、鼓、钹、扬琴、班卓琴、二胡，在每一所小学放两个星期，期满后送来永益隆，让下一所小学拿走。第二进的一套木沙发，落座的高朋以小学老师为主。知识分子交谈的话题力求高雅，书法往往被涉及。于是乎，一位发难：“孔巨先生的二王功力深厚，让我们见识见识如何？”正在呼噜呼噜地抽水烟筒的祖父连忙摆手，说岂敢岂敢。最后还是站起来，往砚台倒下墨汁，提起一支中号羊毫笔，说一句献丑。以左手两个手指捏起薯莨衫的宽袖口，使之不沾纸上的墨汁，右手挥笔，姿势叫我想起，戏班子在临时搭起的棚子里演大戏，穿厚底靴的才子临案题诗也是这般。

我常常占用办公桌，爬在上面照着绣像小说画《七侠五义》里仗剑的大侠。不远处多半有外人。如果是老师，便趋近我，看过我的涂鸦之作，夸张地说："将来可能当上高奇峰、高剑父呢！"我当然不知道，"二高"是炙手可热的岭南画派巨擘。到了四年级，我画的关公像被祖父贴在长沙发上方的墙壁。进来闲坐的老师，不知是为了讨好老板还是我确实画得可以，给我冠上"小画家"的美名。我所上的步溪小学，唯一上过美专的老师黄凌霄，郑重其事地和祖父说，孺子可教，他要收我为徒弟。祖父喜不自胜，不但应允，还从柜台里拿出一盒水彩颜料、几支画笔。一个星期天的午间，黄老师来叫我到离镇三里外的田野去写生。同去的还有一个少年，十二三岁的模样。两个弟子，坐在山坡上，黄老师在带来的画架上放上一张空白画纸，示范画云彩。第一步，用笔沾无色的水，把纸的上半部涂抹一遍。第二步，"你们看，天是什么颜色。浅蓝，好，你在调色盘制出这种浅蓝。"我拿出蓝色颜料，挤出一点，又拿出白色颜料，挤出一点，混在一起，几次调整以后，黄老师点头。"我们天边那块云，是什么颜色？棉花一般，对了。"黄老师教我把白色涂在一个角落。随后，他拿起画纸，上下颠倒几次，让纸上的颜料自由流动，就这般，成就一个带流云的迷你天空。我平生第一次晓得，画不是全用笔完成的。这以后，黄老师进铺子，捡起我用铅笔或毛笔涂的画，如从"公仔书"（连环画）临的赵子龙，从《中国少年报》临的漫画，还有老婆婆干柠檬一般的脸部的速写，说要拿到县城的少儿画展去。几个星期过去，黄老师带来一枚镀上红漆的纪念章，说画展已结束，这是给参展者送的。1957年的反右派斗争中，黄老师因为曾画了一些讽刺领导的漫画，被打成“极右”，被送去劳教。我再也没有老师督促，画家梦也夭折了。

小商人赚钱的门路之多，创业之刻苦，教人惊叹。家里有好几副印制描红簿、算数簿、文格簿的木模，在上面涂红色或蓝色颜料，逐张压印，晾干，再堆叠整齐，放在裁纸床上，以铡刀切割，装订成本，便可出售，利润自然远远高于从正规厂家进货。还有一整套制作镜画的工具和一个工作台。薄玻璃，已上漆、描花，并预制凹边的木条，以及作为底板的薄杉皮板，都是整批进货。父亲利落地锯下彩色木条，打造长方形或正方形的框子，再以镶金刚石的“玻璃笔”，按尺寸把玻璃切割好，放在框内。这些自制的镜画，挂满了一面墙壁，供顾客挑选，一般用作婚庆嫁娶及祝寿的礼物。

靠近厨房的木楼梯下，放着一张折合式圆形饭桌，每次吃饭才打开。家里人口多，二十世纪五十年代初期，祖父母，父母亲，四个孩子，一共八人，坐满一桌。公私合营之前，我家可算丰衣足食。扛着鸟铳的猎户，只要打下夜游鸟、斑鸠、野鸭，哪里也不去，径直进铺来，祖母必买下。这么一来，厨房便飘起巴戟、党参、枸杞子的味道。开饭时，圆桌中央摆上一个青花瓷大汤盅，里面是炖野味。小孩子们闻到香味，都围上来，但祖母不准我们抢先，第一碗必须是祖父的。

开饭时，有一位特殊人物，不和我们坐在一块，总坐在厨房里的矮凳上，默默地吃。她是母亲的继祖母，小孩子都叫她“阿白”。逢年过节或学校开学的旺季，阿白便从二十多公里外的潭江边（母亲的娘家）赶来。是祖母捎的口信，精明的祖母将这叫作“走亲戚”，其实是把老人家当不给工钱只管食宿的“帮佣”。阿白六十多岁，矮小，驼背，脸像最密实的核桃，一双早岁被扎的小脚，成坨的生姜似的，在铺里勤快地走动，不是抱我的弟妹就是洗菜、做饭、扫地，整天忙个不停。祖母有一“潜规则”，那就是：阿白不能到柜台来，更不能接近盛钱钞的抽屉。阿白和小孩子最亲，兴许是从没生养过的缘故，她从来不把我们当晚辈，常常掀起唐衫的下摆，掏出鸡心形钱包，小心打开，拿出一张一分钱纸币来贿赂，条件是：“不哭”，“带妹妹去玩”，“不去河边玩水”。

厨房

铺子的后进，是厨房，约二十平方米。自铺子建成以来，厨房就没有油漆过，墙壁一片暗黑。靠近炉灶的一面，经年被烟熏，黑如松烟。二十世纪六十年代前后，土灶所用的燃料，主要是桉树叶。这种树叶特别肥厚，烧起来“噼啪”有声且散发辛辣的微香。树叶是从小镇各处树林拣来的。我家有一种特制的铁针，用自行车的辐条做的，一端磨尖，一端加木柄，在桉树林内不必弯腰，拿它往地面轻轻一戳，一片树叶就穿在针上，再往上推，不多久，两尺长多的铁针串着许多片树叶，活像冰糖葫芦。在祖母的命令下，妹妹放了学，要拿铁针去戳树叶，满两串才能回家吃饭。

“粪间”

在厨房和后门之间，有一类似玄关的露天空间，阔约两米，一堵墙，和地下等高，墙头插满彩色玻璃片，尖锐角向上，以防小偷。靠墙的一排瓦缸，至少四口，祖母用来储存从市集收集的尿和潲水，加了盖。最靠墙角的一口小便缸，不带盖，却在缸口放置一个状如喇叭的瓦器，以防止男性撒尿时尿液溅出。（1963年，我十五岁，一个寒假，待在家里两个星期，开始时小便要踮起脚尖，假期结束时不必踮了，可见长高的神速。）小便缸所靠的墙角对过，是一个茅厕（土名“粪间”），不足两平方米，中间是深坑，两块木板架在坑上，旁边是一缸从灶间掏出来的灰，蹲坑以后，舀几勺灰掩盖秽物。

普通不过茅厕，亦有一个折射一个时代悲剧的短剧：1957年反右派斗争中，具体到以农业人口占绝对多数的水步镇，首当其冲的是小学教师。到了反右的白热化阶段，在水步镇小教党支部书记雷某主持下，全镇几百名小学教师集中在镇内的大礼堂，批斗一批“极右分子”。下午，举行分组讨论，雷书记召集全体支委，开极紧急的战前会。礼堂离永益隆虽不算远，但镇党委会离礼堂更近，雷书记偏偏选了永益隆后门为地点。在他看来，这露天之处较为隐蔽，把厨房门关上，外人进不来。可是，他百密一疏，没检查“粪间”里头有没有人。也许阶级斗争的弦绷得很紧的雷书记进门时已看到祖父和祖母，而父亲并不在永益隆工作，此前一年，这位水步镇工商联创会主任已“过渡”到国营单位，担任百货商店的副经理。然而，那天他碰巧回家上厕所，蹲在里面看报纸，非到腿发麻不离开，是他的习惯。

父亲正要离开“粪间”，一门之隔的雷书记宣布紧急会议开始。父亲不敢推门走出，生怕平白担上“偷听”的罪名。好在会议是抢在分组讨论会的间隙召开的，为时只有十五分钟。但十四名人民教师在这短暂的时间被彻底改变命运。

雷书记说：“召集大家来，是为了解决一个紧急问题。大家知道，击退右派的猖狂进攻进入决战阶段。各镇的教师队伍都揪出一批右派，捷报频传。昨天深夜，我去台城参加教育局反右领导小组的汇报会，我读几个数字，白沙，11.2%；附城，13.7%；深井，14%。这几个镇从教师队伍揪出了这么多右派。我们的情况怎么样？右派只占10.3%。虽然甄书记没点名批评我们，我的脸也发烧。一定要快马加鞭，甘居下游是阶级立场不坚定的表现！我算了一下，要补划十四个右派。时间很紧，大家马上酝酿一下，把名单报上来。”

父亲在里面蹲得太久，脚已不听使唤。雷书记的发言，他听得清清楚楚，惊骇莫名。原来，一批人的时乖运蹇，就这般由别人在十五分钟内决定。

外头沉默了几分钟，显然，这一突然袭击，教本来已被一连串斗争会搅得晕头转向的委员们更加茫然。雷书记等不及了，说，你们心里还没底，我开头好了。父亲听到，雷书记清了清嗓门，然后是笔记本翻页的声音。可见雷书记昨天熬了通宵，把名单弄好了，现在过过场而已。

“××小学的伍××，1949年前当过‘三青团’员，算一个。请大家发表意见。”父亲听到叽叽咕咕的低语，一分钟后，有人说：“同意，这家伙，一脸横肉，不当右派谁当？”

“××小学的校长张××，1949年前参加东江纵队，自以为老革命，摆架子，去年查出，他在阳江老家的成分是地主。××小学的刘××，去年申请去香港，我不批准，他闹意见。××小学甄××，和学生谈恋爱……”父亲早知道，张××校长从来不买雷书记的账，这一次被报私仇。当然又是一致通过。

下面，连征求同意也省略了，雷书记把名单念出来。大家马上表决，通过。散会以后，这群人赶去大会会场，雷书记宣布右派的补充名单。第二天，我在街上，远远看到一群老师被绳子绑成一串，被押上一辆大卡车，其中有教我画自由自在的云彩的黄老师。

阁楼

通往二楼的木楼梯靠着厨房的墙壁，在地下和二楼之间的阁楼转九十度。阁楼的面积相对于地下的三分之一，用来放杂物。楼梯下有两个酒埕子，祖母常年用三蒸米酒浸泡金环、银环、眼镜蛇。有一年，捉蛇专业户逮到一条号称“蛇中之王”的“过山乌”（眼镜王蛇），开价过一百元，别的商户嫌贵，祖母买了下来。蛇胆先泡酒生吃，再把开膛的蛇整条塞进埕子，盖子以稀泥密封，一年以后启封。蛇酒据说是治风湿病的神药，不但祖父母喝，还作为礼物送给亲戚。

阁楼靠北的角落，有一单人床，是阿白专用的。弟妹们小时，由“白白”当保姆。小孩子常常在床上玩耍，到了晚上临睡时，母亲必一个个抱走，不让继祖母和自己的儿女睡。弟弟有一次哭闹，非要下去让白白给他“搔痒痒”。母亲恶狠狠地吓唬：“白白半夜爬起来，呼噜呼噜地吸你的血，怕不怕？”我上楼时听了，深感恐怖，第二天早上起来，在厨房紧紧盯着往灶膛塞稻草的白白，核桃似的脸，颊间凹下，活像圩场卖艺的猴子，让我记起“公仔书”里会吸血的外国女巫。

二楼

二楼除了骑楼围上杉木薄板以外，其他地方一眼到底。中心处有一个一丈多见方的天井，四周带木栏杆。天井上方的屋顶，有带薄铁盖子的天窗。这一格局，保证商铺中段得到足够的日光。天井和骑楼之间的空间，放置着一到两张带蚊帐的床铺。靠近骑楼的东侧，有一口外祖父1948年从旧金山回国养老时带回的“金山箱”。

骑楼

母亲在二十世纪五十年代，住在骑楼上的房间。以薄杉木板做间隔，门从来不上锁。从1958年的公社化运动起，母亲在公社设在三四里外的缝纫组打工，按件计酬。

我常常趁她不在家，走进房里，对着临街的窗户久久伫立，鸟瞰大街上的小贩吵架。

在骑楼上，我发现了母亲的一个怪癖——在她放置首饰、财物的地方做千奇百怪的“记号”，如两根交叉的火柴棒嵌在砖缝。那是伴随她一辈子的强迫症的初期，六十年代，母亲和妹妹迁回村里居住以后，病情达到高峰，症状是：和所有门和铁闸过不去，每天夜晚要身边的二妹手拿大号煤油灯当跟屁虫，陪她检查每一道门，折腾到凌晨一两点才就寝。

父亲虽然也在这个房间睡觉，但我很少看到他。他总是外出，而他在家时，我不是上学就是进了梦乡。反右运动告一段落，他被下放到离镇十多公里的沙岗湖农场，进基建队当见习泥瓦工。

一个场面倒是栩栩如昨。在1957年“资本主义工商业社会主义改造”热火朝天的日子，父亲特别忙碌，操心的是全镇的事。那天是大游行，以各校小学生为主体的队伍已集中，锣鼓声越来越逼近。永益隆作为工商联主任的店子，在声势浩大的运动中岂能落后？从骑楼伸出的长串鞭炮是店内现成的货物，是父亲拣出最贵重的一条“满地红”（它又名“咧咧嘭”，那是模拟响声）。可惜祖父母没有凑兴，游行队伍即将到达门前，都不知躲到哪里去了。父亲气急败坏地冲上楼，把我叫上，“快，找火柴！”我跑下楼，从灶间掏出一盒火柴，回到骑楼。父亲已把悬挂在外的一丈多长的鞭炮端部拖回来，拿在手里，理好火药引，吩咐我把一支大香点着，再把大香凑近引子。我点过爆竹无数，但至多是“二踢脚”，这次不同，长串辫子般的爆竹系着一个脸盆大的鞭炮盘子。我的手发颤，父亲是出名的急性子，这阵子更不耐烦，把大香夺走，伸到窗外，点燃，甩出。鞭炮“噼噼啪啪”，红色纸花如雪花飘落，地面的人群哗哗大叫，一声惊天动地的巨响，发自末端的鞭炮盘子。这声势，在镇里可是绝无仅有。它教所有人明白，工商联主任确实是运动的带头人。响声停下，父亲靠着窗子，在刺鼻的硫黄烟雾里，忽然做了一个怪异的动作——把胸前所挂的写着“水步工商联主席”的红布条撕下来，扔在地上，长叹一声。我给吓得不轻，不敢吭声。锣鼓声远去。父亲把红布条捡起，系上，下楼去。那一年，他才三十四岁。一直是生龙活虎的，但此刻步履一似病歪歪的老者。

在这个房间，我还发现一个秘密。父亲下放农场以后，虽然每月回家一次，但每星期他必给母亲邮寄一封信。这一年，父亲三十五岁，母亲三十三岁。我打开写着“桂妹妹”打头的信时，脸发烧了。想不到，精明的父亲的心这般温柔！每一封至少两页，内容平实，具体而微地汇报在农场的生活，干什么活，累不累。最后一段，照例诉说相思。最近的一封说到，场员下星期起，到远地投入让“钢铁元帅升帐”的苦战，“领导强调，要做好拼命的准备，头三天三夜不准回宿舍休息。”父亲要求家人在他出发前，给他发一个加急电报，说家人患重病，要他马上回家。母亲拿信给祖母看，说：“电报上写我病重好了。”祖母照办。父亲果然逃过苦役。

五斗橱和“金山箱”

天井旁边有一个缺了一扇门的五斗橱，上层放坛坛罐罐，下面两格，满登登地堆着书。这是我的第一个私家图书馆。放学后和假日，大人在楼下卖货、做饭的当口，我在五斗橱前坐下，读书，读书。

凭着感觉，我把柜子里的书分为两类：“看着玩”的和“正经”的。前一类以鲁迅的《准风月谈》、《周作人选集》为代表，此外是不知名的作家所著、描述苗族风情的短篇小说《黑蚂蚁》，还有李我、碧侣这两位香港红牌言情小说家的畅销书，一律在封面以色情招徕，但内容对“性”点到即止。纸质和装潢既上不了台面，也让人看不懂内容，写男女主角在“海角红楼”谈情，女的扶着栏杆远望，江风吹拂她的旗袍，“双丸若隐若现”，天晓得写什么？较为齐全的是属“伦文叙系列”的“绣像小说”，如《伦文叙老点柳先开》《伦文叙戏太师梁储》《鬼才伦文叙》《风流才子伦文叙》。正经一类，该是1949年前夕在岭南大学读新闻系一年级的叔父购置的，对我影响较大的是一本没有封面的《中学生作文选》，水平之高，题材之奇特，教我大吃一惊。此外，是我不感兴趣的《韩昌黎全集》、《玄秘塔》和《圣教序》拓本。

从小学一年级到四年级，除了在晴朗夏夜，和弟妹们在骑楼外的街旁，爬在竹席上，随高坐在藤椅上的祖母齐声念“天地玄黄，宇宙洪荒”，和小伙伴放风筝、打玻珠、削弹弓、逮天牛、晨晚呼之外，坐在柜子前，背靠天井的木栏杆读闲书，是又私密又刺激的勾当。位置是固定的，因别的地方难以采到看清蝇头字的光线。

这些书，1964年，即我上初二那一年，为了筹钱安装矿石收音机，分两次搬到收购站出售，每次得款两元多。此后，留下一本鲁迅的《准风月谈》，半懂不懂。《周作人选集》倒是好读，直排的楷体，实在典雅，记住他的名作七律——《五十自寿诗》。

五斗橱右侧的角落，放着一口“金山箱”。它是外祖父1948年从旧金山告老还乡时带回来的。共四口，其他三口放在舅父家，母亲作为他的独生女，获得一口。据父亲说，从美国回来时，这箱子盛的是外祖父送给女儿和女婿的礼物，计有：全副化妆品和化妆用具、衣服、首饰。我曾打开过，里面只有一个破烂棉絮。金山箱，是我童年的秘密领地，二年级时用马粪纸和彩色纸做的“花果山”，立在一个纸盒上。树林里逮到的天牛，背部彩色斑斓，有如盔甲，放在火柴盒里，夜里怕它死去，起来查看几次。

这些无价之宝，都藏在箱子里头。

家长的卧室

以天井为界，靠西面，临近阳台的部分，不像骑楼房间那样竖起分隔板，没有隐私，放着祖父母的大床，一张掉了多半红漆的桌子，一张旧藤椅。我的床，前期放在近骑楼一侧，我和母亲的床虽隔着一层板，但距离不远。一天凌晨，被背书声惊醒，竟是母亲的嗓音，李太白的《春夜宴桃李园序》，一字不漏！母亲只念过三年小学，这辈子就这一次领教了她的文学根底。在母亲晚年，我半开玩笑地提及这一“雅事”，她不好意思地笑了笑，说：“我哪里懂，是上学时先生逼着，死记下来的。”

到了1963年，姐姐出嫁以后，我的床移向靠近阳台的一侧，和祖父母的大床摆成直角，这位置又给了我偷听的便利。祖父母年轻时据说是怨偶，老实本分的祖父，受泼辣、小气的祖母钳制，三天两头开骂。但老了以后，两人火气尽褪，成为极恩爱的一对。老而弥笃的爱情，首先表现在每天深夜一起吃宵夜。其次就是床上的交谈，这就是我这辈子所听到的最美妙、熨帖的私房话。老两口照例在黎明前醒来，祖母先报告昨天所见所闻，巨细无遗，绘声绘影。祖父唔唔应和，偶作评点。尽管前半夜被虎啸龙吟般的呼噜所扰，但被他们的絮语吵醒后，我从来不觉厌腻。市井人生的独有魅力，我是从这里开始领略的。

祖父母床前有一个柚木制成的小储物柜，放在两个夏天盛棉被的樟木箱笼上方，里面的顶层有一个盛过腐乳的玻璃瓶，瓶里有五颜六色的彩糖，一如美国驰名的M&M，可能是从香港回来的亲戚送的。这就是祖母的心计，这么高的地方，哪个小孩子找得到？1959年，大饥荒来袭的年代，我十一岁，上五年级，天天给饿得口流清涎。每天上午放学回家，吃过远远不能填饱肚子的粥，或掺着番薯、土茯苓的稀饭，心犹未甘，趁二楼无人，到处搜索。最后把目标铆在高处的储物柜上。搬了一张高凳，再在上面放一张矮凳，小心地爬上，打开柜门，发现了彩糖，大喜过望。但一次只拿三颗。如果祖母晓得我做了手脚，下一步难保不藏得更加密实。放进书包，在上学路上吃，那个甜！以后，每天严格设限——三颗，直到见底。奇怪的是，祖母一直没说过什么，也许忘记了。

靠近阳台处的木桌子，据说是曾祖母的嫁妆。从前放在位于横水旧村的祖屋。二十世纪三十年代，我家在瑞龙村另建新屋，这桌子便搬进铺子内。上小学那些年，它是我的书桌，煤油灯下，做作业，看书。煤油灯还有其他用场，比如，钓鱼的钩，就是把缝衣针放在火苗上烧红、弯成的。家里唯一的温度计，我出于好奇，把它的底部放在火上烘，看水银能飙多高，不到三秒，管子爆炸了。

阳台

童年结束以后，心理上的波动频繁起来，害怕的东西陡然增多。过去只怕来抓壮丁的穿大头皮鞋的匪军军官，因为他的浓眉像我画的妖怪。如今怕黑，怕看不到头的巷子和黄昏没有鸟叫的树林，怕四十年代香港出版的《中国杀人王大战机械党》一书里的怪物。不敢单独上铺子的二楼，尤其是晚饭后黑暗缓缓侵入的时段。好几次，母亲要我上楼拿东西，我下楼时太慌忙，在楼梯上摔了个狗啃泥。究其原因，一部分是生理上自然现象；另一部分是外界的影响，大人说的"鬼古"（鬼故事）和我读的书里的妖怪，都盘踞心头。

还频繁地做恐怖的梦。梦里不是《西游记》里的黄袍怪从波月洞飞出来，把我挟持到天边，一路风声呼呼，心里发虚，身体下坠；就是蒙面贼围攻我家，弹弓射出的石子打入我的眼眸。最吓人的一次，夜间梦见一队贼人从《七侠五义》里出来，高举刀剑，杀声震天。霍地惊醒，一身冷汗。隐约听到马蹄声，糟糕，追来了！快跑！我跃下床，往阳台逃去。那是晴夜，月光如纱帐笼罩着阳台和对面铺子的屋顶。我在阳台上，如被逼急的狗，不走就要被杀，爬排水管下去吗？攀着屋檐往上爬吗？都不行，只好直接跳到隔壁的空地去。我爬过阳台的围栏，一手紧握挂晒衣竿的铁枝，只要松手，就完成飞天大侠的动作。看着地面，高高矮矮的一团团白色，每团比箩筐大一些，是什么？幻觉中，它们成了雪山上的岩石。定下神，想起来了，是石碾子。碰巧大风刮起来，打一哆嗦，人醒了。不能跳，这么高，必死无疑！我揩了揩额上的汗珠，长长地呼一口气，回到铺内，往床上躺下。祖父母的鼾声此起彼伏。没有人知道我刚刚逃过生死劫。

永益隆的贴邻

永益隆的北侧一直是空地，也就是说，直到我家铺子建成，这一位于市中心最佳地段的地皮（面积为一个铺位）都没有卖出。1949年后业主消失，没有人思量建造铺子了。但有几年冒出一间简陋的木屋，虽然是违章建筑，却没被镇政府取缔。也许是主人匀姑太凶，没人敢惹；也许是匀姑“上面有人”。寡妇匀姑年约五十岁，皮肤黧黑，从来不笑，以在圩厂摆出售糖果香烟的小摊为生。1957年夏天一个夜晚，一群小孩子在永益隆门口的街灯下拍“公仔纸”。不一会，匀姑掩着脸冲出来，全身颤抖，高叫“有鬼！”引来一大堆乘凉的闲人。我们跑过去看。最后惊动了在镇公所当杂役（其中一个活计是沿街摇铃，通知开各种各样的会）的罗超伯。罗超伯之所以被众人拥为临时的“驱鬼法师”，是因为个子高大，至少一米八，而且是吃公家饭的。他拿手电筒进去照了一遍，走出来，对围观的人说了一句："鸡巴毛都没有，散开！"匀姑后来生了一场大病，不知是不是被她绘声绘影地说叨的吊颈鬼迷住了，病愈后无法摆摊，回乡下去，木屋退回给房东。不久，白蚁肆虐，无人居住的小木屋朽坏，被台风刮倒，业主把葵棚、木板、木条搬走，又变回空地。

二十世纪六十年代，供销社的新主任打起空地的主意来，以"大跃进"的思维，在永益隆的一面墙和另外一边的"新民光"（1957年前是修毡帽的专业户）一面墙上，架设屋顶，一间省掉墙壁的铺子神速地造成。用途是茶楼。"永兴茶楼"是小镇的老字号，位于小镇北面，面对虎山，它的后门开向我家后面所对的小巷。按洋人开店"位置，位置，位置"的三铁律，永兴较为偏僻，建成新铺以后，供销社把永兴的门面进行稍嫌别扭但惠而不费的"之"字形改造，新铺和永益隆的前半成为茶楼的一部分。永益隆地下以一堵砖墙隔开，我家楼下大为缩小，只剩下狭小的客厅、通向二楼的楼梯、厨房和厕所。

隔壁的新铺两层都开茶市。它的一个窗户开向我家阳台。这么一来，我家永远受茶楼人声和水汽的围困。我上中学以后，周末回到家，常常站在阳台光明正大地窥看窗户另外一边的茶客。老茶客是四乡来的农民，"茶瘾"的顽强堪比从前"金山少"的鸦片瘾。他们在生产队出勤挣不到钱，圩期卖鸡、鸭、米糠、蔬菜，那点钱务必先花在"一盅两件"上。

1967年，“文革”烽烟初起。我满怀革命豪情，从县城寄宿的中学回到小镇。白天，从县城师范学校过来的红卫兵小将，在街上刷“破四旧，立四新”的大标语，高唱语录歌：“老子上战场，枪一响，完蛋就完蛋”。夜里睡不着，满怀豪情，打好向水步镇“四旧”开火的大字报腹稿：天天黄昏把小学生召集起来，阴阳怪气地讲“鬼古”，唬得小屁孩号啕大哭的理发匠刘强，务必揪出示众，罪名是“散播资产阶级黄色毒素”。还有女流氓阿媚，梳飞机头的阿飞阿伟……越想越激动，差点一跃而起，但抵抗不住睡意。忽然，被隔壁茶楼地下的喧闹惊醒。隔壁传来桌椅激烈的碰撞声。两个上早班的厨师大呼小叫：“妈的还想跑！抓住，在这边！溜到那边了！饶你插翅也难逃，哼！”

有小偷！我从床上跳起来，往阳台跑，祖父和祖母也醒来。从阳台探头，位于小巷拐角的茶楼的厨房灯光明亮，但隔壁的窗户没透出光来。勇猛的厨师在黑暗里抓捕罪犯。桌椅连续倒下，轰轰然。我转身回屋，要抄上扁担去助战。一厨师高叫：“快拿绳子来！”啊，抓到了，听得到罪犯急促的喘气声。我正要下楼去看个究竟。“这家伙怕有三十斤呢！”厨师笑着说。原来是一只狗。可怜的狗是茶楼收购来的，今天它将变成桌上的“香肉”。于是，它死命挣开绳子，不料“越狱”失败。

我家铺子南侧也是空地，“大跃进”年代用来堆放两种货物。一种是名叫“双轮双铧犁”的木架。这种据说能够大幅提高犁地效率的玩意，从前只见于报道苏联集体农庄辉煌成就的《人民画报》，但公社化初期，异想天开的公社党委命令农具厂不惜工本，为这种犁赶制了木器部分。和传统的犁近似，也带弯，不知是选了弯曲的木头还是人工裁出的。一直没派上用场，只好叠成垛，靠墙壁堆放，听任日晒雨淋。由于木垛的弯端一律向上，糍铺老板六叔的三公子爬上垛顶，不慎摔下，被卡在弯角，好端端一条短裤，被撕成夏威夷的草裙。

另外一种堆放物是石碾子。也是公社头头异想天开所致。为了所谓“大兵团作战”，从外地买来这些花岗石做的碾子，打算送到水库工地，用来压实堤坝。但水库建在深山，交通不方便，石碾子运不上去，只好扔在这里。到二十世纪六十年代初，一位脑瓜子稍灵活的书记，把所有碾子砌在河边作堤，使得横水河靠近步月桥一带的堤岸颇为壮观。

这块空地，在1964年，也和永益隆的另外一侧一样，被供销社用上了——以现成的墙壁为依托，盖一个屋顶，又是速成的店铺，用作水产门市部。于是，浓烈的鱼腥加垃圾的腐臭，每天缭绕我家，那是从它后门的窨井冒出的。

挤痱子

2021年初夏，去看望九十六岁的母亲。她坐在我旁边，眼神充满惊奇，一本正经地问我：“来这里的路是怎样找到的？”一直负责照顾她的二妹对母亲说：“这是大哥，这路他怎会不认识？”母亲呵呵地笑，傻笑。二妹告诉我，母亲从昨天起把她的长子认作家庭医生，老怕给送进医院。

我和母亲并排坐在长沙发上。母亲的白发疏落落的，被窗口一框慷慨的阳光映衬着，发出霭霭的银光。我牵起母亲的手，想起儿时。那是夏天，为了节省，小孩子从来不穿上衣，上半身的皮肤给骄阳日逐日地加工，上了酱色釉似的，水泼上，哗啦啦溜下，不留一滴。背上照例长痱子，密密匝匝的小疙瘩。晚间，为家务起早贪黑地忙的母亲闲下来了，在长椅上有一搭没一搭地摇着葵扇。瘦弱的二弟和胖墩墩的三弟，分别是四岁和一岁，和母亲做伴。他们轮流伏在母亲的大腿上，母亲以大拇指的长指甲，把他们背上熟透的白色痱子，一个一个地收拾，一脸是“看你往哪里逃”的得意。好动的孩子在母亲威严的命令下，不敢扭动。想到这里，要问母亲记得不？旋即记起她耳背，压根儿听不清。

于是思量：挤痱子的响声像什么？它极微弱、细腻，类似最小的雨丝落在草尖。然而，小时候我坐在母亲旁边逗两个弟弟时，听起来是清晰的。我想告诉半痴呆且近于全聋的母亲，半个多世纪前，我多么喜欢听这噗噗声。别说母亲，我看到熟透的痱子，“挤”的欲望也无比强烈，有如端午节降临，以顶端粘一小块枧水粽子的长竹竿悄悄伸向高处的知了，近点，再近一点，“吱”一声，响遏行云的嘶叫骤停，逮到了！挤痱子是最初的快意恩仇。从童年再往前，替代挤痱子的是挤粉刺，图的也是“破”的快感，对欲望的秘密而渺小的释放。

连带地，想起挤痱子前后的情景：晚间，铺子已打烊，晚饭也吃过，一家子坐在货架后头的椅子凳子上，祖母和母亲分坐两边，二弟和三弟身上的痱子被母亲“清剿”之后，两个孩子开始跑步比赛，以母亲和祖母分别为起点及终点。我发布“起跑”的命令，他们嘻嘻哈哈地追逐，大人鼓掌助威。忽然，二弟摔倒在阶砖地板上。大人连忙把他扶起，哄他，他不理会，一个劲地哭。祖父把他抱起，他还是哭，原来摔断了右胳膊。如今，母亲即使听得见我的追述，也记不得了。我多么渴望让母亲知道，她早年施以的爱，点点滴滴留在后代的心坎。

性格偏冷、从来不会表露强烈感情的母亲，就是这样。孩子感冒，她煮了“王老吉”榄葱茶，捧到床前，对着冒热气的碗鼓腮呼气，把浮起的梗子和叶吹到碗边。我十二岁那年，考上县城的中学，第二天要去当寄宿生。她连夜缝一件新衣，那是夏天穿的短袖衬衫。堪称巧合的是，此刻我连布料的质地也记得清楚——表面遍布微小的凸点，像长痱子的背部。针线从钮孔中穿过时，声音也和挤痱子一样微弱、细腻。

我拿起母亲长满老年斑的手，轻轻摩挲，心潮翻腾。替我们挤过痱子的手，洗过尿布和衣服的手，为何像鸡爪一般蜷曲？她问我：“那些……血压药还要吃吗？”妹妹在旁边解释：“她认定你是家庭医生。”

少年时代

一

村上春树似乎说过：人变老不是一点点地来，而是一下子。这一年，我像地里的瓜，一下子被强烈的日照催熟。那是1958年，我十岁。这一年，台山县第一个人民公社成立，冠名“红旗”，但这时髦词很快被省略，变为“水步公社”。

那时，我正在上小学五年级。班主任叫林正，男性，四十出头，微胖，因行为偶有出格处，被人起了绰号“南风正”（乡间土语，意为“怪异”）。林老师偏爱动作划一，学生在食堂的长凳上落座，即使饭菜已端上，也不能动，害得孩子们的口水从口角流到地下。他挺着颇伟岸的肚皮，桌间巡查几次，把企图偷吃的、两手没端端正正地搁在桌面的、交头接耳的，都慢腾腾地教训过。然后，拿起哨子吹一下，说：“开动！”只消三十秒，莘莘学子的“开动”结束，饭菜已被抢光，下肚，连同桌面上洒落的几粒白米饭。

这一年，小镇大街的墙壁，由被划为右派的老师负责，画满了宣扬“三面红旗”的壁画，最流行的口号是“人民公社是天梯，共产主义是天堂”。比如，学生停课，天天下稻田捉三化螟虫，那是按件计酬，把螟虫已下卵的水稻剑叶摘下，带到学校，交给老师，每十片一分钱，手快的一天能赚几毛钱。捉了老鼠，杀掉，把尾巴放在盒子里，回校上交，也有现金拿。可惜，才发了几天，财大气粗的气派就收回去，理由是上面没拨款下来。

社会乱了套，“大跃进”更急更猛，为了让“钢铁元帅升帐”，公社大办小高炉群，工地在小镇外的山坡上。各校五、六年级的学生进山运矿石。采矿场位于离小学五六公里的山谷。运输工具须自备。我相当幸运，拥有一辆土名“鸡公车”的小独轮车。多数同学只好带上扁担和竹篸。这方面，祖父似有先见之明，去年，公私合营运动开始前，一位木匠进我家开的文具店，一边抽水烟筒一边和祖父聊天，说造一辆鸡公车只要一元。祖父从家里搜出两根杉木，那是建铺子时剩下的桁，拿来做车把；做车轮的厚木，是钉货架时余下的边角料。木匠花半天就完工。鸡公车竖在门角足足一年，没人动过，祖母看到就唠叨“一点用也没有”。

和同班同学到了矿山附近，借住在村庄的人家。头一次在家以外的地方过夜，十分兴奋。这家人养着好几只葵鼠，笼子就在我们所睡的稻草铺旁边。我和几个同学逗葵鼠玩，没合过眼。时兴苦战，不干通宵就不算革命。我们也一样，半夜被老师拖出来，去工地挑矿石。工地上汽灯处处，一片熙熙攘攘。干了几个小时，要转移到别处。我走到半路，感到头顶凉飕飕的，想起刚才把笠帽放在山坡下，忘记了，急忙回头。路上，被别人扔下的大块矿石绊倒，顺势躺下，却爬不起来，呼呼大睡。直到天亮，才被路过的农民拍醒。这时，全身铺上湿漉漉的露水。事隔一个甲子，依然记得睁开眼睛的一刻，周围人声嘈杂，来来往往的尽是赤脚。一个女子差点踏中我，大叫："咦，还能动！"他们是去挖矿的工地换班的。我揉揉眼，站起来，愣了好久，再往灯光最密集处走去。

第二天晚间，全班开始往炼铁工地运矿石。我在车斗上放几块矿石，推着轮子不大圆的鸡公车，沿公路走。推车和挑担的速度不同，挑担的很快在前头消失，我一个人在路上，看不到车，也看不到几个人。本来可以把矿石扔掉当逃兵的。哪里都是"大兵团作战"，谁理会小屁孩所运的几块品质极差的石头？可我在乎"完成任务"。高冷的星空被两边行道树的黑影夹着，"吱扭吱扭"的轮声呼应着唧唧虫鸣。没有恐惧，不知道饥寒。世界和我的联系，只在手握的车把，以及过肩的承重带勒出来的锐痛。不知走了多久，终于到达工地，把矿石倒在石堆里，逃命似地离开。

周遭，小高炉群冒出浓烟，火舌骇人。一组组妇女，一边推拉奇大无比的风箱，一边齐声吆喝。到处是烟气。回到铺子前，已过十一点。我用沙哑的嗓子叫喊，使劲拍门。祖母下楼，打开门，迎我进去。她旋亮煤油灯，仔细看我的脸，失声叫起来。我的嘴巴好几处开裂，渗出血来，加上几天没洗脸，污垢把她吓着了。祖母连忙去厨房煮去火粥。我洗过澡，吃了粥，睡在木板床上。从阳台吹进来的风，温柔地拂着蚊帐。想不到家这么温暖。

二

1958年的秋天，五年级学生有了新任务：种油茶。这次是真的离家。各人带上铺盖、锄头、竹篸，从学校往北走，到了井尾大队的紫水村。这一程，年长后看至多四公里；但对孩子而言，几乎与后来的越洋之旅一般遥远。带队的是张老师，三十多岁，马脸，像香港粤语片里和红线女搭档演出《家家户户》的张瑛，高瘦，惯常穿四个口袋的中山装，不苟言笑。

宿处是村里的两栋空屋。两个班——五甲班和五乙班，一共八九十人，女生住在另一栋。每一班的男生住一个房间，甲班住卧室，乙班住厅堂。在靠东西两堵墙壁的阶砖地面，铺上厚厚的新稻草，中间留一条过道，草上铺上席子，就是通铺。天气转凉，蚊子不多。

在全公社的荒山种上油茶树，是公社党委会的决定。张老师把我们安顿下来以后，全体集中在厅堂，开动员会。他站在天井前，高声说："油茶属茶科，是常绿小乔木。油茶籽是最好的油料植物，含油高达30%以上，可以拿来吃，还可以润发，制药，制蜡烛、肥皂。大家要知道，我们要在所有荒山上播种，造出成千上万亩油茶林，那时候，喔，进入共产主义社会，不得了……"我们迷迷糊糊地听。只记得要领：上山，锄地，撒种子。至于数年之后，是不是漫山遍野都是绿油油的油茶树，没人理会。

只要稍注重经济效益，这一类作业会讲究一点。须提前一年砍山，炼山，下种前要整地，把斜坡修成平台，再在平台一侧开长方形小穴，用来储水，好在干旱时输给小苗。但在"一天等于二十年"的时代，萝卜快了不洗泥，上级只在乎一样：你今天种了多少坎？

天天是这样，两个人一组，出发前领了油茶种子，用袋子盛着。肚子呱呱叫时，把栗子模样的种子放在掌中看了又看，恨不得炒一堆，躲在背风处剥了吃。嘴馋得没办法，打破硬壳看了，肉带浓烈的油腥，压根儿不能吃。

我们从村后的山坡起步。这一带的村庄依丘陵而建，山上尽是裸露的黄土，长着零星的小松树。一人扬锄挖坎，一人随后把三颗种子撒下去。开头时记得张老师的命令，坎开成一尺丁方，三颗种子摆成三角形，把地表的杂草放进坎内，盖上泥，让草腐烂后当肥料。严厉的张老师跟在后面检查，逮到偷工减料的，就饬令返工。没人敢偷懒。后来，散兵线撒得太开，人在松林里，影子也看不到，老师只好放松管控。回来吃饭时要报上数字。照例举行评比，成绩分五等：第一是放卫星，第二是放火箭，第三是乘汽车，第四是骑自行车，第五是老牛拖破车。我和伙伴多半是中不溜儿。据记忆，虽然是单独作业，大家也不大会造假，至少起初是这样。以后，小心翼翼地加一点水分，比如，把一天的“坎”数增加几十个。那也是因为张老师的暗示在先。张老师有压力，各校的进度要上报公社，如果统计表上中心小学那一栏插上白旗，校长要教训的是他。越到后来越马虎，数字越好看。同班的阿木和阿钦这一对，和我一样在小镇长大，比同学矮小，但挖坎最多，一共打了两万五千个，单日数和总数都创造了全社的纪录。公社开总结大会时，他们一起上大礼堂的舞台，由书记授奖。这小学时期唯一的胜业，他俩五十岁以后依然津津乐道。

平均年龄不到十二岁的小孩子，群体标志是生猛。平生第一次集体睡通铺，打打闹闹是免不了的。张老师一个人睡在卧室的阁楼，一晚总会下楼几次，厉声吆喝，制止喧哗。乡村长大的孩子太野，总要作点儿恶才睡得着。睡得早的同学要吃这样的苦头：调皮鬼先把火柴杆烧成比缝衣针小的炭，这玩意叫“蚊锥”。在沉睡者身上某一部位搽一点儿口水，以固定“蚊锥”。下一步，划火柴把“蚊锥”点着，它从顶端缓缓烧到根部，人会感到比蚊子叮重一点的痛楚。睡得死的不会全醒，打个哆嗦，翻过身又睡去，早上看到红肿处才晓得中招，破口大骂。气不过的，找张老师告状，肇事者给老师拧着耳朵上台检讨，晚间要站在天井旁吃西北风，还被搜去两分钱买的一盒火柴。作案者最享受的时刻，就是围着受害人，看“蚊锥”刺入肉体之际的反应。如果对方一激灵，行将跳起，他们就地伏下，在稻草掩护下，吃吃地偷笑。至今仍感奇怪的是，四周都是稻草，一个火星就能制造火灾，大家随便划火柴却没事。

夜晚没娱乐，好动的孩子们有一匪夷所思的消遣，那就是“听课”。如果张老师回十多公里外的家过夜，或回校汇报工作，并领取米和菜，这时，五甲班的学生冬仁就成了当仁不让的导师。他也是小镇长大的，比我们大四五岁。我们这一群中，有的还尿床，他已发育，个子比所有孩子高半个至一个头，高颧骨的脸长了粉刺，举手投足颇为老成。冬仁的家我去过，在小镇北端，只他和寡母两人，我回村里去，必经过他家门前。

“开课”的时间到了，住在另一屋子的女士不会过来，张老师刚才已出门。几十个男生聚集在厅堂的通铺上。冬仁站在天井旁边，变声期中的嗓子有点嘶哑，音量不大，但不愁听不清楚。他有几个喽啰站在墙角维持秩序。

冬仁凭“性启蒙”之类的“讲座”，成为我们的偶像。他不但能说，还身体力行，和甲班最漂亮的女孩子谈起恋爱来。每天下工，站在村里水井旁边说悄悄话。他已读过《西厢记》，知道“公子”谈情，少不了一个红娘，委任班里一个女孩替他传情书，煞有介事。我们只配在巷子口偷偷窥看。

种油茶历时两个月，记忆中没回过几次家。但并不怎么想家。太小了，乡愁没有进入情感世界。而况，母亲进了公社开的缝纫组，父亲在十多公里外的农场当建筑工，祖父祖母是供销社的店员，都是忙人。

祖屋的碓声

1959年，“大跃进”的狂潮未退，大饥荒已逼近。集体食堂里，饭桌上的木桶，由盛干饭变为盛粥、盛番薯，最后，一无所盛。小孩放了学，得随大人到别村去“借粮”。这时各村都已吃光，哪有粮可借？干部就挨家挨户搜查。搜光了，就一起捱饿。圩场上尽是皮肤发清光、走路打晃的人。大家把所有能下肚的，举凡蕉树头、羊角扭、土茯苓、稗禾、小球藻，都吃了。

我家却较为幸运，在小镇几里外还有一间老屋。不知是干部见那三寸厚的坤甸门板加上大趟栊，砸不开而放过了它；还是看在宗亲份上，手下留情。反正屋里厅堂“五方五土地脉龙神”牌位两旁的八大缸陈年谷子，居然没被搜去。这些谷子，是我家十年前种地时储存，以应付荒年的。

于是，每隔十天半月，我就随母亲回村舂米。怕惊动村人，都拣上没月光的下半夜，高一脚低一脚地踩着田埂走。那时所有的狗都已成了锅里肉，一路上神不知鬼不觉。进了老屋，先把门窗连同天窗关严，再掌上煤油灯。揭开缸盖，掏出谷子。谷子已发出霉气，虫子不少，但最珍贵的，莫如它了。

舂米前，先要推磨，把壳去掉。我个子太小，够不上磨盘，就由母亲推。母亲推得很轻，然后用簸箕筛去壳子，糙米则放到碓子下的石坎。舂米的差使，历史性地落在我身上。我站在碓尾，拿一根斜放的扁担作扶手，两脚交替地用力踏，使碓升起，落下，往复无数次。母亲蹲在碓坎旁，用右手专心翻动坎内的糙米，在碓头落下前，迅捷地把米拨到中心。这里头大有讲究，那时家家断炊，哪里有人动碓呢？碓头是铁做的，落到花岗石凿成的碓坎中，一下一声巨响，在静夜惊心动魄。母亲这样拨米，为的是使碓头撞到的是米而不是石，从而发出低钝的“噗噗”声。

舂米的农妇

春米这活计，又累又枯燥。我天天又是半饥不饱，身板瘦得像猴。天天得上学，已够吃力，何况是下半夜，呵欠不停，老要抽出一只手，去擦又酸又涩的眼皮。蹬碓蹬了不一会，就嚷蹬不动了，要走。母亲生性严厉，又身负供应十口之家米饭的艰巨使命，哪管我的苦处？一味地连骂带催，要我舂完一坎再歇，我哭鼻子也白搭。

半夜摸回去的次数愈多，我对这活计愈讨厌。但是不去不行，姐姐在外地上学，下面的弟妹太小，只我一个顶用。终于，有一晚我蹬着蹬着，发了脾气。母亲说天快亮，非要赶紧舂好，好在村人出门浇菜园之前把米挑回镇上去，不许我偷懒。我气呼呼的，一边嘟囔，一边瞪着母亲频频在碓坎拨动的手。忽然，心生一个歹毒的计谋：把母亲的手砸那么一下，她就不得不停下。于是我骤然加快蹬碓的频率，母亲一下子适应不来，有一下来不及缩手，“砰”！铁碓头重重落到她的小指尖，她“哎哟”轻叫。我如梦初醒，跑过去提起母亲的手，只见指头扁了，指甲裂了，一片血肉模糊。这是钻心的疼！我骇得大哭，母亲用另一只手按住伤口，脸色苍白，满眼是泪，却说“不要紧”，叫我到神龛的香炉里取一撮香灰来，撒在伤处。她哪想到，是儿子故意弄成的！更不知道，我痛哭是出于无限的懊悔。以后好些天，母亲捂着指头呻吟，我抱头躲在蚊帐里，恨死了自己，却没有勇气认错。母亲没法回村里去，米舂不出来，全家天天吃清水煮豆角叶子，谁拉出的屎都是绿油油的。

五十多年过去，我一直向家里的人隐瞒这桩罪恶。母亲的小指再也无法复原，扁扁的，指甲变了形。前几年还乡，在老屋仍见到那碓子，老旧的木身，生铁做的碓头长了锈。我走到碓尾，轻轻蹬了一下，“砰”的一响，从岁月深处缓缓飘来，带着游子最深沉的悔恨，那是，那是母亲的手指滴血的嗒嗒之声啊！

姐姐出嫁了

一

1963年秋天，我十五岁多，上高中一年级。一个星期六，从学校回到家，发现的第一个不寻常，就是铺子地下的大半不见了。祖母告诉我，供销社属下的饮食店眼红这个地段，征用我家铺子地下四分之三的面积，用来卖点心。做间隔时动作野蛮，草草地砌单边砖墙，向外那边批了荡，向里那边没有，砖缝加泥灰疙疙瘩瘩，丑陋非常。剩下的地方不足十平方米，通往小阁楼和二楼的杉木板楼梯占去小半。权充客厅，摆了一张开店时留下来的柚木面长沙发，几张破藤椅。我从学校回到家，才发现正门没了，只能绕道从小巷子进后门。

另一个不寻常是热闹。第一个客人是丹姑。丹姑是父亲的表姐，年轻时守寡，十年前携一儿一女去香港定居，最近回乡。我祖母是她的姑姑，论亲戚是最亲近的，她带上当时内地绝难看到的高级饼干来看望。不过，从家里各人的神情看，她此来不是走亲戚那么简单。我敏感、脆弱的青春期正开始，自己的事够烦，没理会丹姑和祖母在厨房里叽咕什么。

下午，我去小学同学家串门回来，家里又多了两个人。客厅上方的一个小窗户，把光线投在沙发上，聚光灯一般把客人罩住——一中年女士，一年轻男士，都是港客装束。旁边的藤椅上坐着丹姑。这三个从乡人艳羡的另类社会来的人，客客气气地谈话。祖母坐远一点，忙着给各位倒茶水。丹姑看到我，对客人说："这是她弟弟，模样很好，是不是？"客人对我笑笑，算是打招呼。我莫名其妙，站在楼梯口向各位点点头，上楼去了。举步时嗅到一种奇异的淡香，也许来自香皂，也许来自衣服本身，比如残留的洗衣粉味，香港来的人才有。客人们虽然都说土话，但尾音和衬字来自说惯的港话，离"本色"颇远，而这，就是乡亲求之不得的优越。

半个小时后，丹姑送两位客人离开，她留下来吃晚饭。在三公里外的供销社布店当售货员的父亲，骑单车风风火火地赶回来。厨房里的饭桌太小，坐不下这么多人——在药材店上班的祖父、祖母、父亲、丹姑和我。我用大碗盛了饭，夹了菜，上楼去，边看一本小说边吃。他们四个各踞一方。我上下楼梯时，听到他们谈得十分热烈，开始时不得要领，最后综合全部断片，明白今天所发生的事，有一个焦点。

几天过去，理清了来龙去脉。

二

那一年，姐姐刚满十八岁。她是父母的长女。父亲和母亲成亲时，家乡沦陷于日寇，因为曾祖母病笃，要冲喜，在另一个小镇开海味店的祖父母吩咐他们提前举行婚礼，那是1940年，父亲十七岁，母亲十五岁。婚后五年无所出。姐姐出生在二战刚结束、日本投降的1945年。祖父喜出望外，起名“启叶”。父母果然一发不可收，十五年间，生下三儿三女，算得枝繁叶茂。我居次。比我长三岁的姐姐，和我相处的时间不多。我上小学，开学那天，是她带我去学校，一个小子欺负我，她替我出过气。三年级那阵，姐姐从山旁采了一束蔷薇，把刺削掉，放在空墨水瓶，送给我，似乎是唯一的礼物。她小学毕业那年，“大跃进”开始，各处盲目开办中学，她被送进一所简陋的侨中。上学时，天天去劳动，要么炼钢铁，要么去稻田搬泥，从事徒劳的深耕改土。还没毕业，学校解散，回到小镇当无业居民。不久，供销社招收临时工，她被选中，在百货店当售货员，月薪十九元。

1963年秋天，姐姐和往常一样在百货店站柜台。不是圩期，街上的行人不多。两个香港客——一男一女，在骑楼下人行道上走，经过百货店，男的被玻璃柜子内一种手帕吸引住，进去低头看了一会儿。姐姐见有客人要买东西，走近一点，如果客人提出要看货，她就拿出来。这一瞬决定了她以后的人生。男子抬头，瞥见她，盯了好一会。姐姐不好意思地低头。男子没说什么，离开了。不一会，他回头，拉上刚才同行的女士，站在百货店门外，一起端详姐姐。姐姐纳闷地转过身，嘟囔一句："有什么好看的，真是！"他们盘桓片刻，走了。姐姐以为是无聊的闲人，没放在心上。

这一女一男是母子，本公社罗边大队坑口村人，母亲李女士，五十出头，她丈夫廖添少年时去了美国，抗战期间参加陈纳德将军的飞虎队，驻扎昆明，战后回老家，建了大屋，娶了这媳妇。廖添回美以后，李女士生下一女，但两岁时夭折了。李女士去上川岛物色了一个九岁的男孩子，作为继子收养。二十世纪五十年代初，母子去了香港。李女士在车衣厂当缝纫工，儿子阿筹在山寨小厂开织羊毛外套的机器。两人租住一个单房。阿筹过了二十六岁生日不久，母亲做主，带他回老家找对象。这样的打工仔，如在香港成家，即使女子愿意委身，房租和养育儿女的费用也负担不起。何况还有一个理由：阿筹的祖母年过七十，独自住在空荡荡的青砖大屋里，需人照顾。

母子在九龙，是天天为生计奔忙的普通劳动者；回到家乡，却是所有人热捧的"高级华人"。和"金山客"必"掉转船头百算百"一样，"港人必有钱"是侨乡百年以还最坚硬的划一舆论。而阿筹的养母，个子高而富态的女士，娶媳妇的操作堪称石破天惊。十天前，他俩乘直通车抵达广州，转乘花尾渡回到本县属地——潭江畔的公益镇。那年代无出租车，但一天有数班公共汽车，乘它到距家最近的大江站，票价为一角八分，但下车后要步行三公里。

他俩雇单车。那年代，每个公社有一个集体所有制的单车站，拥有俗称“单车佬”的雇员数十名，每人的生财工具是一辆轮子幅线最粗（10号）的单车，短距离载人和货，按件计酬。李女士在码头招了三辆单车，母子每人坐一辆（单车本来设了加长的横放座位，可并排坐两人，但公路上人来人往，会被视为“不够阔气”），一辆用来运四口行李箱。全程费时不到六十分钟，一点也不吃力。单车进村，到了家门口才停下。李女士微笑道谢，付车费——每人一张五元面额的人民币。单车佬不敢全收，作势掏出钱包找钱。李女士加一句：“剩下的是饮茶钱，请收下。”按定价，满打满算，每辆车只应收三角钱。单车佬拿钱的手发颤，千恩万谢才离开。他们蹬车拼命干，一个月只赚二三十元。

父亲多年后，对亲家母这一“亮相”依然惊叹不绝：“单车佬流动性最大，每天边载客边聊天，这样的新闻不消一天就传遍四乡，人人晓得：罗边坑口村最近有港客回来选媳妇，有钱得不得了。打什么广告才有这样的轰动效应？”

确实如此，阿筹成为最为炙手可热的年轻男子，金字招牌够亮——父亲在美国，他和母亲在香港，家乡有全村最堂皇的带廊楼大屋。要挑毛病，唯一可见的是身高偏矮，只有一米六，但一般女孩子没这高度。

“准金龟婿”谁不眼红？最先得悉情报的，是李女士的弟弟和妹妹。这两家人在农村，日子难过，多年来靠老姐照顾，这次自然全力以赴。他们的如意算盘是：经自家挑选、推荐的女子如果成事，本人就成大恩人，无论姐姐还是年轻的一对都欠了人情，长年累月要还债。当媒婆的报酬还没算。这对活宝从李女士母子回到家那天起，就以帮忙做家务为名，住了下来，每天奔走，带女子来相亲，地点都在小镇的茶楼。可是，阿筹全打了回票。姻缘就是这么奇妙，饶你打扮得千娇百媚，见面时应对何等温柔，举止何等得体，不来电就是不来电。

那一天，阿筹母子在茶楼刚刚相了亲，这已是第十二位。到了最后，阿筹连“我回去考虑过再决定”的敷衍话也懒得说，借口有事，拍拍屁股离开。母子颇为失落地在街上溜达，经过百货店，发生上述的历史性一幕。

阿筹随即对母亲说，这个姑娘我喜欢，你怎么看？李女士哪敢说不，马上动起脑筋。不能马上对“她”表白，要是人家已出嫁或有对象，岂不碰一鼻子灰？李女士想起一个熟人，她在镇里住了多年，公私合营前是“榕园饼家”老板娘，叫伍婶。榕园离这里不过一百多步。

李女士登门造访，榕园虽然早已关门，但铺子还在，充当住所。伍婶在家。李女士单刀直入，伍婶的回答干脆：“她呀，我是看着长大的，叫阿叶，从前家里开永益隆，卖纸笔墨，好门口呢！不知够不够十八岁，没听说过有对象……”

阿筹母子喜出望外，马上央求伍婶当媒人。伍婶让他们稍等，她这就上门去说。

伍婶从小巷子走进我家的后门。祖父在药材店上班，祖母一人在。伍婶一五一十地把老廖家说亲一事说了。祖母兴奋极了，连声说好。祖母想了片刻，对伍婶说：“找到这样的人家，要修行好几世，哪有不欢迎的？这样好了，我马上和阿叶她爸说。让他们明天来见面。”

伍婶自以为“媒人银”是“十个指头捏田螺——稳当”，得意地给阿筹母子回了话。

父亲接到祖母捎的口信，当天下午回到小镇，听祖母把经过说了，自然喜出望外。

姐姐从百货店下班回家，吃晚饭时，看到父亲也在，已感惊奇，加上祖母和她说话，带着讨好的语气，更意识到有什么事要发生。

晚饭后，父亲把姐姐叫到二楼的房间，详细谈了。姐姐这才醒悟，一切起于中午进百货店盯她的男子。姐姐没有说话，低头，手捏着手，脸羞红一阵，又白了。真是天晓得！她连恋爱也没开始过，刚刚有了工作，经济上可以自立，尝到自由的滋味，不必受祖母的闲气。不知怎么一来，天下掉下一个“老公”。据刚才的瞬间印象，男子外表周正，一副港客派头，虽然没细看脸孔，但顺眼是肯定的。“我从来想过呢！这么快……”姐姐面对家里的绝对权威，别说“不”字不敢说，连“说不”的念头也没有。这些日子，我从姐姐床边的抽屉翻到的，是一本抄了许多首新歌的笔记本，她晚上喜欢低声哼“九九那个艳阳天来哟，十八岁的哥哥呀坐在河边……”朦胧里，她在期待与她年龄相仿的哥哥。这一位，却比她大八岁。

要不要点头？姐姐当场没有表示。父亲不勉强，只是说，你好好想想，最后缓缓地说出一句：“阿叶，你是最大的，下面还有五个，我一个月工资不到五十块，负担太重了，只有你能帮我……”父亲回村里过夜，他要把这极端重要的事件向我母亲通报。母亲和两个妹妹、一个弟弟在村里住。次日大早，父亲在姐姐上班前回到铺里。父亲没问，姐姐开腔：“你认为他好，就答应吧！”原来，祖母昨夜放下身段，和姐姐谈了，主题是：嫁给这位男子有什么好处，如果嫁另外一个有什么坏处。祖母是以攫取利益奋不顾身的行迹获得“鸡婆”的诨名的，她围绕钱展开主题，姐姐联想到这些年，家道中落的不堪，势利眼祖母的训斥，心动了。

三

父亲是少有的精明人，亲生女儿的终身大事，岂能马虎？他说动姐姐的当天，趁上班的空隙，去找表姐丹姑。丹姑在阿筹母子头一次造访我家那天赶到。她是父亲委以重任的：以知根知底的香港人的身份，通过与客人交谈摸底——阿筹母子是不是正派人，在香港从事何种职业，收入如何？父亲是供销社领导倚重的采购员，在外面跑了好几年，见多识广，他断定，香港人骗从来没去过香港的土包子容易，然而，这位见过世面的表姐的眼光，父亲从来是佩服得不得了的。

我和客人们打过照面，上楼以后，丹姑和阿筹母子聊了一阵家常。当天，她把“侦查”的结论告诉父亲：阿筹母子都从事正当行业，阿筹的月薪约150港元，他母亲的月薪约100元，扣去最大笔的开销——房租75元，每月有节余，靠这点钱在九龙养家活口不容易，但在国内成家，老婆孩子衣食无忧，这一条可保证。精明过人的丹姑，并没有直接问人家的具体收入，只消得悉从事何种职业，在哪里干活，就推算出来。

父亲拍了板。接下来的是下聘礼，交换年庚，找算命先生择吉日成亲。

家里忙这些事时，我在学校。两个星期以后的周末，我回到铺子。厨房里堆着半人高的饼盒。原来今天是男方

“担饼”（即送喜饼）的日子。帮忙的人来来往往，我连姐姐的面也没见上。回校时，母亲把六个喜饼放进我的行李包。这不但是亲姐姐迄今予我的最大恩泽，而且是我对母亲的最温暖记忆。母亲养了六个儿女，家庭的经济困境加上她的轻度精神分裂症，我们从小到大，极少感受母亲的爱，唯独这一次，她的大度教在旁的丹姑也惊讶，对我说：“就你有面子，拿这么多！”母亲骄傲地说：“他在外头上学，吃不到。”

回到学校，不敢公开吃喜饼，只能午睡时躲在蚊帐里啃，核桃酥、蛋糕、千层酥，皮掉在床上有如雪花，吃得正过瘾，睡上铺的同学探头下来，问：“有老鼠啃东西，听见吗？”

这一年，国内刚刚经历了大饥荒。喜饼要用粮票买。全靠父亲在供销社的关系，才拿到这种又体面又丰盛的聘礼。

四

姐姐在小镇居住，但正式的“家”是有列祖列宗的神龛的祖屋，所有仪式都在村里举办。她出嫁那天，我请了假，从学校回到村里。母亲这新科丈母娘喜气洋洋，穿上新衣服，忙里忙外。我浑浑噩噩，没人找我帮忙，我也不会做什么，只好到处走动，看看热闹。作为主角的姐姐，躲在卧室里，接受最有经验的大妗婆的指导，穿上大红嫁衣，几个要好的姐妹陪伴在旁。

祖母进“新娘房”看了一下，撩开门帘出来。长孙女出嫁，她当然喜上眉梢，头上插的碧绿柏叶轻摇。她和分发煎堆的妯娌闲聊，尽说吉庆话，也道出遗憾：“我家阿叶本来要戴凤冠的，可是被供销社拿走了，下落不明。”她说的凤冠，我小时候常见。我家开文具店那阵，不但兼卖镜画等祝贺婚嫁的礼品，还有一个方圆数十里的“独市生意”——出租凤冠，那是为新娘子特制的“头盔”，上面插着簪，还有纷披两旁的钗，通体呈夺目的金色，和成排镶嵌的红玉石辉映。这行头，在出演最豪华的粤剧《六国大封相》时，当家花旦戴在头上。是父亲从广州出高价买来的，惯常放在一个圆筒状铁皮盒内，吊在阁楼的天花板上，租金很高。

乡亲们齐聚厅堂，吃过酒席。新娘子要出门了。姐姐先在厅堂拜祭祖先，再跪谢父母的养育之恩。突然，她放声大哭，把喧闹声压下去。不知道是她意识到从此离开爹娘，悲从中来；还是遵从大妗婆的训导——哭着出嫁才大吉大利。

此刻的父亲，予我的印象如此鲜明：他遵循古礼给女儿送行，坐在厅堂门口旁边的高凳，双手垂放在膝上。这个刚过四十岁生日，精力过人的汉子，被家累压得喘不过气的大家长，目光茫然。大女儿被伴娘搀着，边哭边往外面走。我在近处看着父亲。他的五官刹那间扭曲，眼睛眨巴不停，极舍不得似的。姐姐即将迈过门槛。父亲抬起右手，似乎是阻拦。学步时费力地爬过门槛，似乎是昨天，今天却要当别人的媳妇。女儿出门，父亲把右手收回，低头，揩泪。以冷漠出名的母亲，在旁边没有表示。

门外，鞭炮"噼噼啪啪"，唢呐吹起来。乡亲们都围在塘基头。

披着大红彩绸的花轿来了。这是我们的村庄最后一次以轿子抬走新娘。披着红盖头的姐姐，被一路念叨吉利话的大妗婆引导着，轿门打开，她略弯腰，坐进去。

唢呐又响彻在田野上。送亲的队伍和花轿从村外的小路，走上土名"江嘴"的山坡。我站在村口，目送姐姐，心情平静。想起鲁迅《阿Q正传》里出现多次的句子："人生天地间"如何如何，出嫁，不舍，都属无从选择的一类。

五

姐姐嫁给廖家，家里算是忙完。"三朝回门"之类是余庆，母亲胜任愉快。父亲回去上班，一切进入常轨，连同早已成为习惯的困顿、饥饿，以及源于匮乏的猜忌、吵闹。我的新科姐夫和他的养母，为婚事前后花了四个星期，假期将满，回香港挣钱去了。李女士的弟弟、妹妹也来车站送行。临上车，弟弟缠着老姐，说缺一件羊毛衫，逼她从身上脱下最后一件。天气颇冷，老姐嘴唇发黑，只好从行李箱抄出两件单衣穿上。当妹妹的不甘示弱，说替女儿办嫁妆，差一对金耳环，边说话边伸手往老姐的耳垂扯。老姐怕疼，说，等等，我来。把耳环除下，妹妹一手抓走。姐姐看了直摇头，对丈夫说："幸亏我娘家的人没那么贪心。"

姐姐在廖家安顿好，婚假也到期，回百货店上班。她给同事们送上新郎官从香港买回来的夹心饼干。负责管理百货店的门市组长进来，通知姐姐：去见供销社的领导。姐姐天真地带上饼干。不料一进办公室，供销社主任就咆哮："你厉害，竟敢不经批准，就嫁人！"

《婚姻法》不是说婚姻自由吗？我从来不知道要向领导申请呢！"姐姐脸红着辩解。

"问题是你嫁给一个资产阶级分子！"主任拍桌子。

"我丈夫是打工的，工人阶级！"

"香港是资本主义社会，那里的人统统是资产阶级分子，你学过政治没有？"

姐姐懵了，没有说话。

"你这事难办，公社党委会专门研究了，你被当作和平演变的最新例子。"

姐姐拧着眉头，想不起"和平演变"是什么意思。怪不得她，就在她忙于筹办婚事这一个月，上面下了新文件，提出“反和平演变”。原来，去年起，全国上下批判“右倾机会主义分子”彭德怀，“千万不要忘记阶级斗争”逐步升温，提防资产阶级思想的腐蚀，防止被糖衣炮弹击中成了最新的政治任务。

“要处分我？”

“先看你的态度。”

“生米成了熟饭，你要我怎么办？”

“……”主任无言，最后加一句：“看公社党委怎么处理，我做不了主。”

姐姐哭着离开。当天，她去三公里外的另一小镇。父亲看到她，不必她开口，就说：“我知道了。我也给公社党委会叫去，训了一个下午。听说我家是全县的典型。”

姐姐慌了，问怎么办。父亲说，怕得来吗？难道办离婚？不管他，至多是走人。我早想好了，谁都怕丢饭碗，唯独你不怕，阿筹养你呢！

果然，三个月内，姐姐首当其冲，其次是父亲，连带祖父，店里开小会，供销社集会，全公社开群众大会，“刘启叶贪慕虚荣，嫁给香港的花花公子，甘受资产阶级思想腐蚀”被列为阶级斗争的最新表现。姐姐成了大名人。到了圩期，四乡来的农家妹子络绎不绝地进百货店，不买什么，明目张胆地指指戳戳：“就是她，惨啰……”年长的女人在柜台前买东西，听不下去，反驳：“眼红是不是？嫁个香港仔，吃穿不愁，我愿意！”姐姐听了，忍住眼泪，但不敢离开柜台。

父亲在另一个公社也不好过。原来，县委宣传部的笔杆子为了赶政治风头，把这一普通人的婚娶炒作为政治事件。执笔者可能学过小说作法，有点想象力。加了一个开头：刘某人（我父亲）是资本家，向往资产阶级的腐朽生活方式是“阶级本性”，是他威迫利诱，要刚满十八岁的女儿“投降”的。还有叫革命群众开心的尾巴：充满铜臭的婚姻注定失败，据查实，香港男子廖某在香港早已成家，妻子儿女成群。他重婚，目的是给年老的祖母雇一个免费护理员。公社召开动员大会，多次拿这一事件做例子。害得父亲穷于应付，因为关心我家的亲友都要打听：“阿叶是不是嫁错郎？”我的新科姐夫辗转听到谣言，苦笑着说：“我吃饱了撑的？在香港有老婆，还要跑大老远再娶？我有金山银山吗？”

风声最紧的日子，我在学校也感到压力。作为小舅子，也得为姐姐的出嫁背锅。从负责学生政审的人事干部口中传开的，是一个惨痛的“教训”：一个资本家家庭，老老小小背叛社会主义祖国。为此，我和班里的阿旺成了莫逆之交，其中一个动因，就是他也有一个嫁给香港打工仔的姐姐。

一个周末，我回到小镇。晚上九时多，祖父母和我将要就寝。伍婶来敲门。祖母请她上楼。伍婶此来是讨“媒人银”。祖母在银钱上精明无比，和她一笔一笔地算。首先，你不是正式的媒人，正式受“男家头”委托，前来提亲的，另有职业媒婆，你只是介绍人。其次，阿筹他妈已经给了你一个红包，“当我不知道？五十元！嫌少呀？”伍婶的理论是：不管怎么说，没有我第一个牵线，这亲事就开不了头。男家头给多少不关你的事，女家头也得给，是老规矩。祖母不退让，吵起来。祖父一直不吭声，我在卧室只听到不间断的“骨碌”声，它来自水烟筒。最后，祖父忍不住了，喝一声：“伍婶，你真不识时务，阿叶、阿叶她爸，还有我，吃公家饭的都被批了又批，我连气也喘不过来，你还要趁火打劫，是人吗？”伍婶灰溜溜地下楼，从此，变为仇人。

官方的批判不会停留在口头，公社党委书记多次对供销社主任发问：“这活生生的和平演变事件，你们如何处理？”主任说：“开除，我马上执行。”

主任从公社走出来，路过百货店，把门市组长叫来，吩咐：“叫她滚蛋。”向姐姐所站的柜台努努嘴。

供销社雷厉风行。姐姐被炒鱿鱼才几天，户口簿注销了姐姐的名字，她不再属城镇人口，购粮簿被收回，食油票、肉票没得领。从此，姐姐在坑口村成为地地道道的农民。她倒毫不介意，反正，气受够了，再忍受下去要发疯。

六

姐姐出嫁至今，历五十七年。2020年，她年登七十五，姐夫阿筹八十三。在人生的末尾反顾，对一生只一次的婚姻（连同爱情，如果有的话）如何评估？不管她自己还是别的亲人、乡亲、朋友、邻居，结论倒是一致的：平顺，和谐，圆满。虽然从未跻身小康以上的阶层，但远离饥寒。姐夫从结婚之初，每年必回家乡过年，待一个月。平时他负担全家的开支。二十世纪九十年代，姐姐出港。夫妻养育了两子一女，都受过大学教育，分别在澳洲和深圳定居，有不错的工作。孙儿女共四个。到了晚年，他们在深圳和九龙旺角两处轮流居住。由此可见，父亲替姐姐做的选择没有错。

冈宁忆

1965年，我在县城中学念高中二年级。四月，学校放两个星期的农忙假。农家子女回生产队去，参加大田劳动。我回到小镇。小镇并没有农田，惯常的农忙假，中学生在镇的安排下，到附近的村庄去插秧，挑肥。今年却不同，被公社送到五公里外的冈宁圩去。

原因是这样的：一年前，公社看到，镇里历年中学毕业后无法升学而回家来的青年已有好几十位，他们仗着“吃商品粮”的优势，都不去“修理地球”。家里滋润的，每天趿着香港寄来的人字拖吊儿郎当地逛街。穷苦的，替供销社打点给石灰船卸货之类的散工。日子更没着落的，上山打柴烧炭出卖。公社便决定在冈宁圩开办一个建筑材料厂。起先用骗术，说只是“临时支援”，完成出三四窑瓦的突击任务便回来。待到几十位二十岁上下的男女在冈宁圩安下家，便来硬的，把所有人的户口都迁到厂里去，威胁说不服从分配就下放农村。到我们放农忙假时，这群小时候一起在横水河里打水仗，在后院以纸灯笼为道具演出粤剧《宝莲灯》，拿一枚道光铜钱当门票的伙伴，已在那里待了好些日子，从生手变为熟练工。不过，我们不会入同样的陷阱，都是在学的，假放完就溜人。

一行二十人，论年级数我次高，另一位读高三，是镇里邮电所头头的公子，生性腼腆，不敢当头头。于是，镇长委任我为队长。那年我十七岁，骨架子猛往上拔，肌肉却追不上，成了细长的竹竿，腰微驼。论形象，一点也不上台面。有什么办法呢？在学校寄宿这几年，没一顿够吃，饿得眼睛发绿。可别说没委任状的官衔太寒伧，到现在我也没混到同样的"官阶"。辖下的队员，女生居多，都是上初中的，大的十六岁，小的十三岁，童嗓子像夏日的知了，聚在一起叽叽喳喳，震得旁人耳根生疼。

不过，有一个异数——阿鹏，他是小镇居民，却混在学生队里头。两年前他初中毕业，考不上高中，不是成绩差劲，而是家庭成分大有问题——爸爸给划了地主不说，1949年前还当过国民党区分部书记，早在肃反时就戴上"历史反革命"的帽子。他的父母在侨批局工作，每次运动挨整都是首当其冲。还好在他家海外关系多，有侨汇，政治上虽然卑贱，但在平头百姓中间仍旧受着秘密的尊敬。他过去和我只是点头之交，但一路来，我对他的好感愈益增加，为了他非同一般的老成练达。他比我大两岁，个子不高，和我一样细眉眼，窄肩膀，可是举手投足带着见过世面的自信。原来，他离开学校这两年，镇里的同龄人见天扎堆儿聊大天，他却在侨批局当上临时工，天天骑着自行车到四乡去送侨汇。这么一个斜挎帆布包的小青年，成了侨眷一见便喜上眉梢的“财神爷”，进侨眷的家门，总获得递茶敬烟的礼遇。收款人喜滋滋地数过钞票后，还给他塞上一个利是封，这段既体面又实惠的阅历使他产生了优越感。不过，他并不因我小两岁而指手画脚。

我们带上简单的行李，有自行车的骑车，没车的步行，往冈宁进发。到了目的地，女生们在建材厂女宿舍安顿下来。男的入住厂部二楼，把几张长椅拉在一起，成了床铺。春天天气潮润，但木棉树的花信已到，不会冷到哪里去。建材厂的秃头厂长和胖厨师也住在这里。

当天傍晚，和阿鹏到外面溜达。刚才骑单车，远远看

冈宁圩“鹅城”

到一座长方体的碉楼，高踞在烟雨的田垌，被龙眼树新开的黄花簇拥着，外墙虽斑驳，但很有气派。先前以为冈宁是热闹之地，进来才知道就一条街，其残破一览无余。铺子是民国初期前建的。除了一家隶属镇供销社的小卖部，什么商店都没有。店铺都当了住宅。有趣的是骑楼下的柱子和店铺正面的墙壁，仍旧隐约看到招牌，都是1949年前乃至抗战前写下的：日本人丹，和平戒毒所，源记烧腊，昌发海味，隆兴酒楼……近年被白灰潦草地覆盖，经风雨冲刷又显山露水，让不晓得资本主义为何物的少年稍稍领略早已荡然的繁华。走过建材厂三座冒黑烟的砖瓦窑，眼前一道大江，蛋青色的江面如此辽阔，不动声色地延伸在还没返青的田畴中间。

阿鹏告诉我，这就是潭江。我暗想，就凭这得天独厚的水路，冈宁就该成为大商埠了，何以衰落如此？其中的缘由，我以十七岁少年的心智也能道出。我和他所在的小镇，不也在连串的“运动”中变得死样活气吗？阿鹏与我深有同感，但他只听我发议论，略略点头，不做发挥。父母这些年来所遭的罪，使他过早地学会韬晦。

春夜，在陌生的地方，刚刚滋生的头一茬蚊子不懂世故，远远地嗡嗡着，并不逼近。到了下半夜，寒气仍旧侵人。棉被太薄，给冻醒了，和阿鹏挤在一起，盖上两个人的被子。两个人都睡不着，说起话来。我庄重地向他倾诉了年来愈益频繁地滋扰我的疑问：理想到底能不能实现？他在被窝里咯咯笑出声来，但不敢高声，因为厂长的房间和我们的通铺，只隔一层杉皮钉的半截假墙。阿鹏的笑，涵义可够复杂，也许有生以来除了挨训，从来没人和他这个“贱民之子”正经地讨论过人生观，而况我的疑问如此庞大。我告诉他，在学校自从有了“入团”的念头后，这问题一直困扰着我。“这是带根本性的，懂不？”我推了推他的胳膊，强调着。我还想向他说说《牛虻》，主人公阿瑟决心献身于驱逐奥地利人、解放意大利的伟大运动时，宣告：“我必须从上帝那里直接得到我自己的答复。”因为“这关系到我的一生和我整个的灵魂”。我没有上帝，因此更加需要向现实寻求这样的答案：人性能否可能被改造到“无私”的境界。阿鹏张口打呵欠，翻过身去。他不是回避，而是压根儿没想过。我只好再次郑重地说，我这次来，给了自己一个最大的任务：认识社会。从身边的人入手，看社会到底是怎么样的。枕边没有回音，他夸张地打着少年老成的呼噜。

学生队第一天出工，干的是挖泥。建材厂的工种，数这个低级，其他的，如制瓦、打瓦、烧火，都要技术。看火候的更是从外地雇来的师傅，每回瓦窑快要煞火，必请他前来。他背着手绕着瓦窑走几圈，瞄瞄洞内，看看烟口，下达封窑的命令，干拿一百块。而我们这些临时工的工资，据说是每天五毛，光够交伙食费。

我们所挖的白色黏土，俗称“缸瓦泥”，是瓦片的原料。把水田表面的熟土揭掉，往下就是它。工具简单，一把“同”字形的“泥车”，由力气大的男生拿着，往泥层插下，一旋，一块长方体泥头给剥下来。女生们排成队，把泥头传到田边的大路，装上平板车，运回圩里。泥头滑溜溜的，女生力气小，稍大点的泥头双手抱不牢，只好往怀里兜，不消半个小时，都成了泥人。活很累人，好在女生队里有两个活宝——阿惠和阿兰，十六岁了，胸脯平着，没到含春的年岁。最豁得出去的阿惠，诨名叫“惠哥哥”，一会儿学狗叫，一会儿模仿男班主任训人的架式，大伙笑得直不起腰来。我这队长，干活卖力气不说，还要监督全体，“惠哥哥”闹得过分时要制止，她不听我的，反而马上扮演我的角色，指手画脚地训人，害得我涂满泥巴的脸热一阵冷一阵。“惠哥哥”最放肆的当儿，传递泥头的人龙，有人说话了，声音不大，却很镇得住人：“我说还是服从领导，加把劲吧，任务完成不了都得加班哪。”我停下泥车，满怀感激地抬头，说话人原来是阿宝。她小时候住的铺子和我家后门相对，两个哥哥和我一起玩耍，后来她家搬到两条街道外去，她进的又是不同的中学，便很少见面。以前和两个妹妹在河边拧被单的小女孩，一眨眼长成亭亭玉立的少女。一身白色碎花紧身唐衫，香港流行的款式，这么漂亮的衣服，村姑们非要趁圩才穿，她却拿来当工作服，可见家世非同一般。别的女孩满身泥，她呢，身上干干净净的，只在挽起的裤腿上带几点泥。两条长辫压在草帽下，脸色粉嫩，黑眼瞳带着电波，每一流盼都掠起波澜。好美啊！我暗暗赞叹。下工后，大家涌到河边去洗手脚，我在阿宝背后端详，她身量偏矮，比起同年的女孩，比如又高又瘦巴的“惠哥哥”，她算是进入了青春期的“窈窕淑女”，单襟衣中段的襻扣所束起的纤腰，楚楚动人。平生第一遭这般入迷地看异性，爱慕的种子不知不觉地种下了，尽管初恋的君临，在三年以后。

饭是在食堂吃的，饭后有一个小时休息。我和阿鹏在街上逛。建材厂的瓦坯工，活计按件计酬，所以最卖力，饭碗一放下就干起来。我们满有兴趣地站在阿俊的操作间旁边看。阿俊是镇里来的，本来就熟，看我们这般好奇，正好露一手。设备很简单，一张长方桌，地上放一块木模板，手头工具是竹弓和木锤。阿俊先挖一把“缸瓦泥”，堆在木模板。再手拿竹弓站在泥上，一只脚立定，另一只把泥往木模的角蹬去，脚快触及地面时，弓一勾，把溢出模板的粘土连脚板一起拉回。做一块瓦坯，脚要往四个角各蹬一次，为的是将粘土严丝合缝地嵌进木模内。然后，把带瓦坯的木模拿到桌上，翻转向下，用锤子敲底部，使瓦坯脱落。技巧主要在脚和弓的控制上，一蹬一滑，人家可是跳舞一般自在。“要不要试试？”举重若轻的阿俊得意地瞟了我们一眼。我挽挽刚才在江边洗掉泥巴的裤管，站上木模，接过弓，脚一蹬，身子往下溜，弓来不及勾紧脚下的泥巴，人失去平衡，倒了个仰八叉。阿俊得意地大笑，再作示范，我摔倒如仪。阿俊替我擦去背上的泥巴，说："得慢慢来。"他告诉我，像他这样的行家里手，一天作八百个没问题，前个月赶货，泥坯工挑灯来个大比武，冠军阿群一气干十六个小时，做了一千一百块瓦坯，开创了纪录。说到这里，阿俊指了指三个铺面以外的工作点，冠军阿群和亚军阿富光着膀子，哼着小调，"噼噼啪啪"地干得正欢。

我眯眼看着阿群和阿富，这两个儿时玩伴，才比我大两三岁，上小学那阵子在虎山顶上打野战，"肉搏"时抱在一起从山腰滚到山脚，如今出息成壮实的小伙子，粗壮的手臂挥动着弓，一起一落，眨眼工夫，就出一块瓦坯。我看呆了。阿鹏可没那么高的兴致，推推我的肘子，说："你还是一心上大学去吧，干这个能出头？"我正色道："我天天为'升学不行怎么办'苦恼着呢！"其实，这一问题并非首要，它从属于"理想是否能实现"这一核心。如果我果真服膺号称"全人类最伟大"的终极理想，则无论进大学门还是来这里操弓当泥猴，都是有意义的。阿鹏又笑了，摇头说："哎呀，说不过你，眼看要上名牌大学了，干吗操闲心！"

说归说，每天三班，在田里挖泥，脚泡在水里，毕竟吃力，半斤米饭咽下不久，肚子又咕咕叫了。夜里特别难熬，好在阿鹏有门路，能在小卖部买到稀罕的腊肉和腊肠，拿到食堂去开小灶。胖厨师热心帮忙，反正他做了夜宵，开饭时也吃一份，虽无工钱，没亏到哪里去。厂长也来了，这是阿鹏的心机所在，四个人边吃边谈，很是投机。我问厂长，夜里工人们到哪去了？厂长眨了眨眼，诡秘地说："都是后生家，怕没得玩呀？"我看看阿鹏，他专心挟菜扒饭。胖厨师说："你新来，可别到树林里钻哟。"他们三个哈哈大笑，我却猜不透谜底。

第二天黄昏，下工后我和阿鹏到江边游泳，没看到建材厂的工人。昨天大伙下了班，都来这里，男的打水仗，女的在埠头洗衣服，同时叽叽喳喳地议论男人，起了纠纷时，男的向女的泼水，女的向男的摔泥巴。今天约齐了似地躲起来了。我游到对岸的小洲上，坐在万京子丛边歇气，看到前几天教我做瓦坯的阿俊，向他打听，他一五一十地告诉我，这里的工人都已成双配对。在同一个小镇长大的，如今都进入青春期，天天厮混在一起，哪有不生情的？今天嘛，一对对儿骑单车到新昌城看电影去。夜里要是不进城，到堤边去偷看得了，一丛树下蹲着一对，好热火哪！我莽撞地问："那么，就剩下你这个寡佬？"他不好意思地低下头，讷讷道："怎么和他们比？家里没钱，连单车也没一辆，样子又不怎么样……"说着说着竟伤心起来。我晓得自己失言，不迭地劝说。晚霞褪尽，我才和阿俊结伴游回对岸。阿鹏气急败坏地说："找你老半天，怕你喂了大鳖呢！"

这一晚，我又兴奋难眠。这几天，苦累和饥饿都尝了不少，但在乡下人形容为“力去力返”的年龄，并不在乎。傍晚下了班，躺在木板床上看闲书，隔壁的办公室里，厂长和一位从小镇银行来的干部的谈话，我断续偷听到，大意是：砖瓦卖出去，钱收不回来，公社要银行贷款支持，好支付工资和柴草的开销，银行已经贷了好几笔，建材厂没还过一分钱。厂长可怜兮兮地请求通融通融，说这一窑出的货，一定能收到钱，保证还掉利息。我从中知道，建材厂的经济一团糟。不过，这些现实的弊端并没给我正在起飞的理想主义浇下足够的冷水，我对工人的生活充满了向往。看，少男少女有活可干，按件计酬的制坯工，手快的据说一个月能拿到六十块，虽然只发一半，其他的挂在账上。经济上有起码保障不说，还歌舞升平，卿卿我我，不接近世外桃源吗？现实并不可怕，一年后参加高考，如果落榜，来这里好了。一旦云端里的理想和沾满了泥巴的现实得以联结，蓬勃的青春激情仿佛碉楼旁边的杜鹃花，要多烂漫有多烂漫。我喜滋滋地把一腔欣喜向阿鹏吐露，他没笑我，只是担心地说，这里的女孩子都有主了，迟来的到哪去找，要乡下姑娘不成？我没说话，心里隐隐然闪出阿宝的倩影，那紧束腰身的单襟碎花衣，那哀怨的眼神。

第一个星期过去，星期天是休息日，学生队自由活动，有的回镇里去拿换洗衣服，有的去江边钓鱼，我和阿

台山乡村的洋楼

鹏找上没有对象的阿俊，在江里游泳。路上看到工人们的单车队，大伙儿到新昌城去逛街，那个阵势啊！由儿时一起玩耍的小屁孩变成的小伙子们，平日粘着泥巴的头发，整齐而油亮地梳成偏分头，一式的的确良上衣，烫折笔直的西裤，黧黑的手臂把着耀得人眼花的车把子，腕上的新手表闪着比车把更锐利的亮光。每辆单车的后座，都侧身坐着各自的恋人。和我一起在街巷抓过子儿的小妞，都长成水灵灵的大姑娘，崭新的凡立丁衣服，撑一把花伞，无比矜持地睨视着远处云端的木棉花，偶尔皱起眉头，骂骑车的男子蹬得太快，使她在石子路上差点颠散骨头。烟岚缭绕的田野上，铃声示威似地一路响着。正在插秧的公社社员们，直起腰来，投出嫉妒的目光。队伍从我们身边经过，男女都得意地扬了扬手。我呆呆地看着，铮亮的轮子逶迤到远处的公路上，甩下一阵《二月里来好风光》的歌声。领唱的女高音，宛若竹林梢头穿梭的云雀，我熟悉这位女高音，她是住我家对过的海傍路的霞，绰号叫“黑妹”，高中毕业后报考省城的音专，想当郭兰英第二，歌喉和专业知识都得了高分，但她爸爸在旧社会当过县参议，家里开过妇产院，给划了个资本家，所以被刷下来。她落第后躲在家里哭，好几个月不见人，想不到如今这般爽朗。她的恋人是得过做瓦坯冠军的阿群。这家伙工资最高，刚刚买的单车是最风光的“双梁凤凰”，他书没读多少，胜在个子高大，浑身腱子肉。我对旁边的阿鹏说：“爱情真是伟大，黑妹换了个人啦！”阿鹏对镇里的伙伴的了解比我透彻，说：“别太天真了，都是露水鸳鸯呢！”我横了他一眼，暗里骂他把人心看得太灰暗。

青年人的爱情，工作，环境，厨师做的夜宵，女生们无忧无虑的笑，还有我暗暗恋慕着的阿宝，这破败而寂寞的小镇，予我多少新奇的快乐。以往，无论在县城的中学寄宿还是回小镇过周末和寒暑假，人生很少亮色，无日无之的“手头紧”和“饿肚子”，加上要命的“理想是否能实现”的疑团，教我不得安生，今天，似乎开窍了，开始热爱脚踏实地的人生，而不必附加任何假设的条件了。

思想一旦被纳入明快的革命逻辑，一切都容易看通了。一天下午，下起大雨，没法下田挖泥，别的工种又沾不上手，厂长只好给我们放假。阿鹏和别人下棋，我独自在街上转悠，一间铺子的大门开着，我出于好奇，探头看里面，脱光了漆的八仙桌后，端坐着一位老先生。他面容清癯，三绺长须，从侧面看很像于右任。他听到声响，抬头看到我，招手要我进去。我浏览铺里陈设，中堂是一幅毛主席像，旁边挂隶书对联："写繁颐我拙，信简合人言。"我在琢磨，老先生发话了："这是我的行当——代写书信"。他和气地问我的来历，我毕恭毕敬地作答。说话间，雨大起来，瓢泼一般，我连忙把铺门关上。随即，屋顶上势若奔马的雨汇成好多根水柱，把铺子里头下成水帘洞，我惊叫起来。老先生安坐如故，边谈边写小楷，秀气的颜真卿一路。我未蒙允许，不敢凑近，远远瞟了几眼，似乎是一封长信，用的是骈散夹杂的阳湖体。水柱往我的头顶注下，我连忙躲到一旁去，他看我的狼狈样，客气地让我坐到紧靠桌子的板凳上。我这才发现，整个铺子，唯独两个地方不挨雨浇：中堂的墙壁和桌子方圆的几平方米。我搔搔头，发出"终于看出机关来"的狡猾的笑。他弯腰钻到桌子下，打开抽屉，拿出一筒皱巴巴的宣纸，在桌面摊开，缓缓抹了几抹，向我示意：读。我飞快浏览一遍，题目是《漏铺铭》，活剥刘禹锡的《陋室铭》，但匠心独运，以"铺不在高，有文则灵"开头，结尾是："孔子云：'何漏（陋）之有？'"他很有节奏地点着头，为我的诵读击节，那份自得，教我想起了心无挂碍的魏晋名士。豪雨停下，铺子里还嘀嗒好久。他和我说唐宋八大家，说他的家学渊源，说他本来师法桐城派，但乡下的婶母埋怨，说外洋的亲人看不懂，只好随俗为变。足足聊了一个下午，幸亏他有的是空闲，这天气，不能指望哪位提着"趁圩篮"的老婆婆进门，求他写一封言情并茂的信，向远在花旗国的儿子要钱。他巴不得有一个小友，由他耳提面命。我似懂非懂，却捣葱似地点头。

走出门来，好一个清凉世界，踏着铺天盖地的蛙声，到堤上去看风景，想不到阿鹏正站在石级上，凝望着江心，一艘轻巧的小船随水漂着，船头的男子用力压下一根木杆，把沉入水里的大簸箕提上来，再把簸箕向舱里一倾。阿鹏告诉我，这是挖蚬船。簸箕这么一上一下，每一次能挖上好几斤呢！接着他盘算起小船一天的收入，兴奋地和我核计，将来凑钱买一只这样的船，一个月赚他个百来块，比下死力打瓦坯强多了。我却没兴趣干"资本主义"，扯着他的臂膀说："我找到一个好老师，嗨，要在这里当工人，进修文学不愁没人指导。"阿鹏眨眨眼，盯着我，仿佛不认识，他解不透，我怎么在短短几天内，破解了天大的疑团，豁然开朗？在我，这倒是顺理成章的，在艰难而混沌的人生里，终于找到理想与现实的联结点，方向清晰了。放假前在学校，团干部找我谈话，说我的

“小资”根性太深，我口头上答应改造，但心底里很不服气。这回，活生生的现实说服了我，我暗暗下了决心：改造自己，不是为了名堂好看，而是要作一个真正的理想主义者。

十四天农忙假过完，我这个队长拿上最好的鉴定回学校去。在镇上和部下们分手，都有点舍不得，“惠哥哥”从假小子变为害羞的姑娘，对我说，下回农忙假，大家争取再来当“泥人”。我暗暗恋慕的宝姑娘远远站着，目光哀切地向着浑茫的江水，分外教人怜爱。不过，我不再想入非非。一个星期前，阿鹏把阿宝的罗曼史向我透露了：她和高三级的学生暗通款曲，常常乘轮渡到学校对岸的小镇去幽会，被校方发现，两人进照相馆拍的“准结婚照”被当作罪证上缴，男生给记了大过。她算是被动一方即受害者，没受处分，但“艳名”在校内传遍，由此得了“恋爱专家”的诨名。风波刚完，她便来这里劳动，气没缓过来呢，怪不得脸老绷得紧紧。阿鹏是当闲话说的，我听了却心头发疼，夜里失眠，也终于想通，名花既有主，我不是枉费心机吗？然而，向她挥手告别时，视线久久收不回来。滑稽的是，我到了二十岁那年，在小镇如水的月华里，终于进了这位“专家”所织就的爱之罗网。

学生回学校去了，阿鹏却不能返到镇里当居民。他和两年前来这里的同镇青年一般，上了公社的当——户口被迁到建材厂来。他不敢抗议，乖乖地当上烧窑工。

上课的第一天，我给班主任上交了一篇周记，把这回农忙假参加建材厂劳动所引发的思想变化原原本本地写出，结论自然是光明的。班主任在班会上把它抑扬顿挫地念了一遍，称赞说，无论思想性还是艺术性都出类拔萃。我伏在桌上，久久没抬头，晓得所有目光都聚集在黑发丰茂的头上，得意劲别提了。

四年过去，当工人的童年伙伴，因工厂亏损累累，发不出工资，也趁造反风，迁回镇里。我离开学校，回到小镇当居民，逐一打听，不得不佩服阿鹏当年的断语：露水鸳鸯——在厂里成双结对，爱得翻天覆地的男女，离开建材厂后，无一例外地一拍两散。

冈宁圩暴得大名，成为闻名全国的旅游打卡地，其别名为“鹅城”。姜文执导，周润发、葛优等主演的《让子弹飞》，这里是主要取景地。那是距离我来此地四十五载的2010年。

我的祖母

祖母姓李名凤，我出生时她四十五岁。我六七岁那年，过了祭灶日，母亲离开永益隆，回村里暂住，以张罗过年祭祖的大事。我奉祖母之命，和姐姐把刚刚买到的三牲挑回村里，并替祖母捎话给母亲，母亲很不满婆婆的“命令”，气呼呼地骂了一句“鸡婆凤”。我不知道她指谁，偷偷问姐姐，姐姐说是骂“阿人”（土话，祖母之意）。

往后，听进店来的乡亲说起，祖母这一绰号已流传好多年。它的来由，一个说法是因为祖母特别“横”，这位出生于1903年的女人，年轻时模样清秀，在大江圩的永益源海味杂货店当老板娘的辰光，不时有小流氓趁祖父出远门办货，上门骚扰，不是以秽语污言调戏，就是伸手捏她粉嫩的脸蛋，都被祖母拿起门角的扫把打跑了。另一个更具说服力的说法，是祖母做生意强悍。她嫁给在县城中药店当学徒刚刚满师的祖父后，两口子一起当流动小贩，在四乡跑不同的圩期。从那时起，她就成为实际的当家人。

祖父生性老实，上正经的学堂不多，却惹上不少文人的习气，动不动就哼唐诗，论算账的精明，远在祖母之下，只好乖乖地把财权让给贤内助。

晚年的父亲还说到，祖母抓钱的狠辣，一似率领鸡雏在地里刨食的鸡婆——“那时我家开着海味店，她好歹算个‘事头婆’（广东话，即老板娘），却半点体面也不讲，圩期到了，大早到市集的拐角，用几块葵蓬加竹子支起三脚架，中间放上一个瓦瓮，造几个临时小便处。到下午，圩期散了，她去拆掉，把瓮子里储存的尿舀进木桶。”母亲在旁插话：“然后，轮到我受罪了，从大江圩回村里去，走五公里的路，肩膀从来不空着，挑尿水，还有从屠宰场的污水池舀来的猪毛水，婆婆说沤了是好肥料。那时我还是新媳妇，路上遇到的乡亲笑嘻嘻地说，哎呀，‘鸡婆凤’好狠心，不怕压矮了小‘新抱’（广东话，儿媳妇）。”

那时，中国正逢乱世，家长为生计奔忙，无力他顾，父亲和叔父没有获得多少亲情。父亲前些日子向我说起：“我那年才十二岁，身板还单薄，有几个当妈的像她那般，迫儿子踏着跳板下到船里，用肩膀扛一百五十斤重的米袋，走许多来回，不摔下河去，没压伤腰杆，算得走运。”

我如今搜罗记忆，我这一代，在备受乡人羡慕的殷实人家体会到的天伦之乐，不比冬天吸溜清鼻涕在街头卖烤红薯的爷儿俩多一丝一毫。祖父每月拿三十块工资，天天到药材店上班，抓药，操铡刀切当归和玉桂片，傍晚带着一身中药味和疲劳进家门，对孙儿连话也懒得说。和孙辈朝夕相处的只有泼辣有余温柔不足的祖母。

祖母不是没有温情，她温柔的母性被重重叠叠的艰辛压在底层，像雪被里的嫩芽一般，无法冒头。她没多少城府，粗嗓门嚷一通就没事，我们不怕她。夏夜倒是相当快乐的时光，店打烊后，祖母在店前的骑楼下或者街心的路灯下，铺开一张藤席，让小孩子在上面爬。她穿着月白色小背心，摇着边缘脱了线的葵扇，坐在大竹椅上，给我们上课，一句句地教念："天地玄黄，宇宙洪荒。日月盈昃，辰宿列张。寒来暑往，秋收冬藏。"祖母似乎只上过一两年蒙馆，不怎么会写字，然而满脑子是古文，教训孙辈用的是近似《朱柏庐治家格言》之类，什么"家有千金亦当一日赚一文"，"良田千顷，不如薄技傍身"，什么"良贾深藏若虚，君子盛德若愚"。小孩子哪能懂这等文白夹杂的玩意？她硬是靠着千遍万遍的唠叨，把它们牢牢地揳入幼小的心灵。她教小孩子守礼节，用从祖父那里搬来的故事："别学那陈×，吃过饭，自己坐的凳子也不拿走，还是'工人阶级'呢！"这话题，她不知重复了多少年，陈×我是认识的，和祖父一起在药材店抓药，一辈子当低三下四的伙计，把背累驼了，如今虽然当上领导阶级，当了多年小老板的祖父母还是看不起他。祖母强调，在店里围坐一桌吃饭，饭后你会不会把凳子放回原处，是老板考察新人的第一道功课。

五十岁以后的祖母，不再苗条，手臂上坠着蒲扇似的白肉。好在，窄而削的肩膀，线条依旧妩媚，臀部宽阔丰满，发福后成了梨子的形状，一看就知道不是被柴担压得腰板粗阔的乡下婆娘，年轻时该有让中国文人咏叹的“弱柳扶风”之姿。眼神清澈，脸如鹅蛋，鼻梁小巧而直。个子中等，腿脚修长，身量比矮个子的祖父略高，想象她二十来岁时提着菜篮，出现在人声鼎沸的市集，怪不得总有小流氓想吃她的豆腐。手里戴着翠玉镯，手发胖后再也脱不开。她干什么活，都像男人那般风风火火，潦草是潦草点，好在效率奇高。就凭这，她和爱附庸风雅、行事拖泥带水的祖父一道，赚下了一份相当丰厚的家业。

1957年，“私改”开始，我家的文具店转入供销社，按规定，铺子里所有的货物、货架、柜台，能搬的全搬走。负责私改的干部说好，明天来我家铺子清点货物器具，登记造册。这一晚，平日大大咧咧的祖母大大动了感情，把孙儿女叫到柜台旁边来，鼻涕一把泪一把地说：“你们听着，这里所有的东西不再是我家的了，想想，心里疼死人！我和你们爷爷开海味店那些年，虾米鲍鱼鱿鱼海参，满架满缸，全家人一年到头却舍不得吃整只虾米，只吃存在箩底的碎片，死熬烂捱。后来，你爸嫌做海味生意太辛苦，才转做文具。如今好了，白白捱一世。你们拿，尽管拿呀！”我和弟妹们弄不清事情的头尾，盯着祖母气呼呼的模样光顾着发呆。想想平日，祖母多小气，上学必须用的描红簿和作业本，在铺子里拿，要么最便宜的，要么缺了页折了角，卖不掉的。我们也太老实，从来没动过往钱柜里偷的念头。跟着祖母去买菜，路过桥头的卤味档，看到才一分钱一块、蘸上芥辣的水煮萝卜，口水直流，却不敢讨零用钱，晓得伸手也只讨来一顿骂。小孩子只好巴望生病，一旦来了感冒，祖母不管三七二十一，先把人按倒在酸枝床上，用弯成弓状的两根手指，凶神恶煞地在全身“钳痧”，制造出一条条黑红色“蚯蚓”加鬼哭狼嚎。第二天，起了床，祖母走过来，伸手摸摸额头，看烧退了，便撩起衣襟，从内衣口袋掏出荷包，小心地拔出一张面额五分的纸币，作为昨夜挨“苦刑”的补偿。祖父在旁看到，也会从玻璃柜台下拿出一副最便宜的扑克牌。五分钱，足够在卤味档买到两大块萝卜和一片菲薄的猪肝，涂上和痧斑一般红的辣椒酱，在同伴面前“雪雪”地吃，何其过瘾！可惜左盼右盼，感冒一年才来一两回。眼下，祖母何以忽然慷慨起来呢？祖母看我们迟迟疑疑的，就自己拿出一沓作业本，抓一把铅笔，往我们的怀里塞，“接住！”姐姐大着胆儿，从专放贵重货品的玻璃柜里拿出一枝派克铱金笔。七岁的二弟趁柜门打开，把几盒高级扑克牌捧在手里。忽然，祖母的手发起抖来，带着浓重的哭腔，决绝地说：“不能拿这么多，想倾家荡产啊！”一把将价钱三块多的金笔夺回去，小心地放回绒布盒子内。我拿起一个精装笔记本，祖母皱着眉头说：“一块五一本呢，小孩子用这么贵的簿子？”我高声反问：“你不是刚说过，明天起东西不再是我家的吗？”祖母眨巴着眼睛，泪水叭叭滴下，如梦初醒，连说：“对对，拿，尽管拿好了！”

祖母从老板娘变为供销社的职工后，捞到一个让我终身受益的差事：经营书店。书店就一个人，祖母身兼经理和售货员。这实在有点滑稽，她是天生的小商贩，拿手的是在蝇头小利上计较。我跟着她逛每五天一次的圩期，她一路下来，总能买到最便宜的菜。肉贩看到她走来，总是又爱又怕，爱的是我家吃口多，自家开店时，手面阔，排骨一买就是几斤，猪肚猪肺买囫囵的大坨；怕的是她门槛特精，价说好了，肉贩为了表示对大主顾另眼相看，放在拴肉水草交叉处的一块“搭秤肉”格外大，临末祖母硬是再放一块，笑嘻嘻地说：“你大人有大量，下次我还是找你。”可是，如今要她单独挑起“文化担子”，这是三四万人口的水步公社唯一一家呀！好在供销社不指望书店赚钱，没设下什么销售指标。书店开张时，“大跃进”也开锣了，中小学的老师学生上山采矿石，到土高炉旁去拉风箱，哪还有人顾得上看书买书？

我上小学四年级，星期天和放学后，理所当然地成了书店实际的管事人。坐在柜台后面的高凳上，所有新到的“公仔书”一一看过不消说了，还读《三国演义》《水浒》《孽海花》《老残游记》，半懂不懂，却兴致十足。虽然没薪水可拿，我没从钱柜里偷过一分钱，卖出的书，一本本地写在账簿上，也没空子钻。然而，这可算平生最为得其所哉的差事。祖母靠我照顾店面，她便忙别的，买菜啦，做饭啦，甚而拿着几根长长的铁针，溜进自由市场后面的桉树林去，收集硕大的枯叶，作为燃料，使铺子后头的厨房，飘出桉树叶子辛辣的烟味。我光明正大地读书，没人说一句闲话。到了1959年，书店迁出，祖母也被精简掉，最低一级的二十块月薪也没得赚，回家当主妇，从此专心替祖父做饭，和市集上卖番薯和黄豆的农民讨价还价。

外国人说中国人面目模糊，乍见面难以分清张三和李四。我还觉得中国人性格也模糊，棱角被磨，都成了鹅卵石，把怯懦和苟且包在里面。祖母个性鲜明，她爱钱，出于本能，爱出个人风格来。凡是能来钱的勾当，无不全力以赴。1962年，祖父的姨母，年逾八十了，终于得到公安局的批准，到香港去和从美国回来的儿子会面。老人行动不便，要人护送。论亲疏，本轮不到祖母，但祖母拍了胸脯，说广州有我的二儿子，地头也熟，我去保险。老人的孙媳妇只好退出，让祖母前去。祖母不但领了报酬，一路上为老人买吃的用的，虚报账目，还克扣下二十多块外快，本要揣回家来，向祖父炫耀一番，不料搭花尾渡返回时，一个高明的扒手装好心，扶她走过跳板，把钱包扒去了。这事是祖母自己抖出来的，母亲一直不齿祖母的见钱眼开，为此幸灾乐祸了好几天。

祖母精力旺盛，六十岁后还忙于发展副业。每年冬天，小镇外的稻田都闲置，任由镇上居民免费使用。祖母便去种上几垅芥蓝、白菜和大头菜。芥蓝和白菜每天冒出花来，祖母大早去切下，供应午饭晚饭。大头菜只收获一茬，放进大缸子，和上老盐，用大块花岗石压住，腌到开春以后才捞出来吃。我如果在家，总被祖母抓公差，踩着田埂里的霜花去河里挑水浇地。

祖母生下两个儿子——我父亲和叔父。叔父自小体弱，结婚多年没有生养，成了祖母一块心病。她在乡下买了刚刚出世的黑狗崽，坐船到百多公里外的广州，住进叔叔婶婶的家，按照乡间流行的壮阳食谱，为他们烹调狗肉乌豆汤。看得出来，祖母对次子特别疼爱。叔父到底没养下儿女，五十出头就因癌症辞世，在祖母身故十五年以后。

1968年，我到二十岁，高中毕业后留校造反两年，终于等来“狡兔死，走狗烹”的结局，回到小镇当无业游民。那年祖母六十五岁，并无老态，兴致勃勃地奔忙着，不是替没生育能力的叔叔找小黑狗一类强精补肾的食品，就是扛着锄头到“圩尾”的稻田去侍弄菜地。听人说养猪能赚钱，还有肉票好拿，她到圩场买了一头小猪，扛回村里，让母亲和妹妹们养在天井旁边的猪圈里。她自己，见天到邻居家收集潲水，到河边去捞水浮莲，送回村里当猪食。她爱干事，手脚总不放停，风风火火。厨房的一面墙被烟熏黑了，她看到人家在小巷尽头空地的小池里泡着石灰，偷了一小桶回来，用稻草扎一个刷子，蘸上没掺蓝靛的石灰水，痛痛快快刷了一遍。待到石灰干了，才看出活像大花脸。她所热衷的，都是和赚钱有关的事。1962年，台湾的老蒋扬言反攻大陆，派遣飞机飞到南海沿岸的县份，撒了满天传单。地方政府十分紧张，忙于收集反动传单。一位别有用心的邻居检举说，我家屋顶落下的传单有五张，他看到了，但祖母只交出四张。祖母被公社政法部抓去审问。后来她终于把藏下的一张交出来。胆小的祖父气黑了脸，差点刮她耳光。祖母也一直没说出来，她为什么要冒天大的风险，藏下肯定招惹无穷祸患的纸片。后来我从侧面打听到，祖母从传单里看到“奖赏”有关的内容，见猎心喜，一时间忘记了“政治”这把悬在头顶上的利剑。对此，我是相信的，在我家的文具店被充公的前夕，她刚刚鼓励过我们往货架上“尽管拿”，不是也迷糊过一阵子，把我们拿到手的文具夺回去吗？

祖母在1969年春天去世。你不能不信服“冥冥中自有定数”一说。老人说，人活到最后，连多少人送终，也是宿命所在。祖母那天一早嚷心口疼，从楼上挪到楼下，躺在厨房里的坤甸炕床上。放在平时，白天是不可能有人陪她的。祖父上班去，父亲在三公里外的另一个小镇工作，我和二弟当了下乡知青，回村里与母亲及妹妹们同住。可是，巧不巧，那天逢上圩期，又是中午，父亲所在的棉布店派父亲和几位店员来我们镇上摆摊，三弟也上圩来替生产队卖木薯，三代人聚在铺子里吃午饭。祖母刚刚被一位公社卫生院派来的医生看过，医生给她注射了强心针。过了一会，祖母起来上厕所，回来卧下，一阵急速的喘息，喉咙清脆地响了一下，仿佛树枝被掰断一般。她就此结束了卑微、勤劳、吝啬和充实的一生。

祖父在旁目睹这一幕，久久没有反应，整天坐在藤椅上不语。他不相信，老伴走得这般毫无预警。祖父和祖母，年轻时并不算佳偶，常常吵架，为的是钱。祖父，这位又矮又胖，“面团团作富家翁”的活标本，平生谨小慎微，偶尔出出轨，偷偷去赌博或抽鸦片，图点儿报复管束严厉的妻子的快感，有时运气背，被祖母抓到，家里也刮起台风。可是，到了晚年，两人如漆如胶。这是我此生所见识到的最深沉、最细腻、最动人的老年之爱。

夜晚，得悉噩耗的乡亲赶来慰问祖父。到了夜深，我扶祖父走到床前，安顿他就寝。他久久对着一对并排的木枕。木枕不知承托过夫妻多少情话和鼾声，都发出漆亮的光。祖父终于发一声长啸：“睹物思人啊！”周遭死寂，祖父凄凉之极的嗓音缓缓地缭绕着，天地为之悲回。

祖母去世之前的几个月，在为新买的猪崽采饲料之外，还对为我说一门媳妇表示出极大的热忱。我那时才二十一岁，在乡村当着不名一文的知青，她却在小镇到处放消息，找媒人。刚好我随一位好朋友去他的未婚妻家玩，友人未婚妻的闺中腻友在这对情侣的撮合下，对我表现出最初的好感。女孩的母亲得悉，出于和我祖母一般的心态，找上门来说亲。祖母高兴透了，到处向人说，她的长孙如何受到一位有“三条美国路”的女子垂青，一旦结了婚，就能到花旗国去。害得我尴尬无比。

祖母的丧事是在小镇上办的，因了我家素称殷实，来帮忙的乡亲特别多，开销浩繁。叔父在广州，因为运动正紧张，不敢奔丧，寄回了八十元。这个数字和实际开销三百多元差得很远，只好从家里的积蓄中提取。这笔积蓄，是1949年前后那几年自家开店赚来的。父亲一直感激这样一位富于远见的朋友，这朋友在我家文具店生意最为红火、赚钱赚笑了的当口，给急欲扩充店面、扩大货源、开创新局面的父亲泼了一盆冷水。父亲刹住发家的野心，不再进货。货架空了，用空纸箱充门面，所有余钱都拿去换成外汇，让祖母藏在家里，一共达八千美元之多，这可是相当于一般工人二三十年工资的数目。祖母行将出殡，仵工、棺材店、伙夫、几百名送葬人的伙食，都要钱，好在存款够对付，未至于露出寒酸相，这在“面子就是一切”的环境，兹事体大。葬礼过后，父亲到处对人说，他在广州当过文化馆长的弟弟电汇了二百元，免得让人对钱的来路发出疑问。

祖母的丧事刚办完，父亲就到铺子里来，问祖父美元港币藏在哪里。祖父哀伤逾恒，只是摇头。父亲何尝不明白，祖父在家里，绝对是甩手掌柜，连下班开午饭，也采用这样奇特的方式：他走过离家还有五分钟路程的步月桥时，打一个响遏行云、独一无二的咳嗽，这就是开饭的暗号。祖母在家里听到，马上把饭菜端上桌，祖父一进门，就能拿起筷子。祖母没有留下遗言，精于算术的父亲算算，十来年间，任老两口怎么挥霍，也花不了这个数，可是在铺子里翻遍所有箱子柜子，还拿手电筒爬上梯子，在屋顶下的横梁上一个个缝隙地搜索，还是找不到。父亲终于明白：在艰难的年代，双亲已把积蓄花得差不多。

我家的老屋，挂着祖父母的炭笔相，画家是我认识的小学教师，记得祖父付的润笔是两元。三十多年后依旧清晰。祖母的容颜，清秀安详，和有点傻气的祖父恰成绝配。两位抚养我长大的老人，归道山很久很久了。我常常怀念性格鲜明、作风泼辣的祖母，惟其亲情稀罕，我才永远记住几个场景。一个是，我在县城上初中时，周末回家，患了重感冒，高烧一连几天退不下，没法上学去。祖母在阳台上摆开三牲，烧纸钱，拜祭观世音菩萨。我躺在床上，昏昏乎乎的，勉力睁开沉重的眼皮，看着阳台上的祖母。她自撰的祷辞传来，我听了，热泪滴湿了枕头。大意是，我的孙儿患了病，我很担忧啊，大慈大悲观世音菩萨千万帮一把啊，保佑我孙儿健康啊，事成后我一定到庙里烧高香还愿啊。我这才晓得，冷冰冰的家里，孩子仍旧获得大人无言的眷顾。还有一次，乙型肝炎流行的1962年，我也患上了。祖母得讯，乘车到县城来，提着一个藤篮子，走进我所在的一中。正是午睡时间，校园里静悄悄的。在门口让传达室的人截住，她说孙子病了，她送补品来。传达室的财叔看她一脸愁苦，以为出了大事，小跑着到宿舍叫人去。我慌忙随着财叔走到校门旁边，只见祖母坐在长椅上，和另外一位来探望学生的家长谈得正投机。我无比惊喜地跑近，她平生第一次爱抚我的头，说了些亲热话，然后当着刚刚认识的家长的面，从藤篮里拿出一听“寿星公”牌炼乳，一盒饼干，一罐砂糖，都是肝炎病人必需的保健品。东西掏完了，祖母顽皮地贴着我的耳朵说：“旁边那位阿婶，大老远从广海赶来，猜她带什么给儿子——一盅咸虾！”说罢朗声笑起来，我又一次想起她的绰号，多贴切啊！强悍的鸡婆，在成功地给翅膀下的鸡雏带来利益时，不也得意非凡，引颈作咯咯之鸣吗？

母亲告诉我，祖母在为我这个出生不久的男长孙摆的满月酒上，向来贺的父老乡亲宣称：“这孩子眼睛小是小，可是眼角够尖，都看到了吧？不笨，有出息！”我如今快进老年，这辈子将成定局：没什么出息。愧于祖母的预言，那是没办法的事。愿泉下的老人宽恕我。

写字的祖父

一

2016年，我和老妻从彼岸回到村里的老屋，妻子忙于和妯娌做菜，点香，祭祀神龛上的神明和祖宗。我趁这个空隙，搜索旧物。厢房两个——南和北，都有阁楼。我们出国前，我和妻小住北厢房，如今阁楼上堆着散了架的照片框、破烂家具，以及我出国以后自费出版的数百本诗集。南厢房原来是父母住的，阁楼上杂物更多。两个厢房的柜子和抽屉，三十多年间，我回去一次翻检一次，具保留价值的所剩无几。这一次有意外的收获——找到一份“契约”，是祖父唯一的墨迹。

全文如下：

立约人杨德庭、雷学銮

今因雷学銮与杨德庭弍人合股经营和合腐乳杂货公司，地址美国加州金山大埠浦市顿街壹佰捌拾弍号。雷学

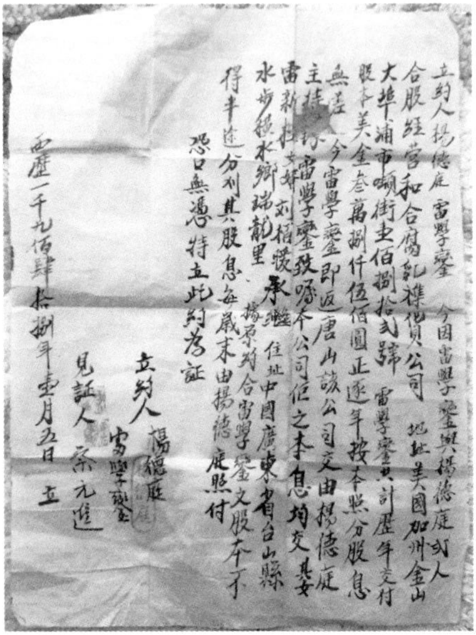

立約人楊德庭 雷學鎏 今因雷學鎏與楊德庭弍人
合股經營和合腐記襍貨公司 地址美國加州金山
大埠浦市頓街壹佰捌拾弍號 雷學鎏共計歷年交付
股本美金叁萬捌仟伍佰圓正逐年按本照分股息
無差 今雷學鎏即返唐山該公司交由楊德庭
主持 據雷學鎏致囑本公司佢之本息均交其女
雷新桂 女婿劉栢煖承繼 住址中國廣東省台山縣
水步横水鄉瑞龍里 據原約合雷學鎏之股本不
得半途分割其股息每歲末由楊德庭照付
恐口無憑特立此約為証
立約人 楊德庭
雷學鎏
見証人 蔡元進
西歷一千九佰肆拾捌年壹月五日 立

祖父的墨迹

鎏共计历年交付股本美金叁万捌仟伍百圆正。逐年按本照分股息无差。今雷学鎏即返唐山，该公司交由杨德庭主持。据雷学鎏致嘱，本公司佢之本息，均交其女雷新桂、女婿刘柏暖承继，住址中国广东省台山县水步横水乡瑞龙里。据原约合（按：应作“合约”），雷学鎏之股本不得半途分割，其股息每岁末由杨德庭照付。

恐口无凭，特立此约为证。

立约人：杨德庭（盖印）

雷学鎏（盖印）

见证人：蔡元进（盖印）

西历一千九佰肆拾捌年壹月五日　立

此乃我平生炮制的第一个虚构文本，时间是1978年，为的是申请出国。那年代，我在县城当最低级公务员（第二十六级，月薪38.50元）。结婚五年，有一个四岁的儿子。是年八月，女儿出生。到美国去，是我和妻子的当务之急。1976年，在旧金山当车衣工的岳母，以英语“文盲”的根底，通过全英语的入籍考试，成为美国公民。创造这一奇迹的原动力在血肉情，她的三个成年儿女与配偶，依然在家乡生活，她务必要实现合家团圆。欲达此，唯一的途径，是自己成为美国公民，以取得申请子女及其直系亲属来美的资格。多少年下来，她靠以中文注音的笨办法，记下答案，一举成功。然后，她多番来信，要我们尽快在国内递交申请表，取得护照，进而到美国驻香港总领事馆办理第四类签证。

那年代，改革开放刚刚起步，出国依然是禁忌，特别是公务员。申请护照须列出“非去不可”的理由。为了摆平这天大难题，我搜索枯肠，并请教高明。洞悉内情者告诉我，继承遗产这一“事由”命中率高，一来，必须亲自去；二来，从美帝那里搞钱回来，可增加国家的外汇。我就循外祖父在旧金山开豆腐店二十多年，然后返国养老的事实，展开想象，其间多番登门，拜访在县师范学校教语文，以饱学和机智获得广泛尊重的萧老师（我戏称他为“台山萧伯纳”），在他的指导下，拟出一个“契约”。

这个契约是编造的，但有以下真货色：外祖父雷学銮的名字，他的合伙人的姓氏（杨先生是开平人，名讳是我起的），豆腐店的名字（地址是胡编的），立约的1948年，是雷学銮携带四口“金山箱”衣锦还乡的年份。

我打算拿它作为主要证据，和申请表一起送往县出入境办事处。此外，在《出国申请表》上填写这样的理由：代父亲出面，前往旧金山，到和合腐乳店找杨老板，结算历年所欠的利息，并提取本金。

怎样把“契约”造得逼真？我写出初稿后，由“台山萧伯纳”改成半文半白的“新语体”。萧老师历经1949年后所有“运动”，咬文嚼字，用心之细教人叹为观止。他说，不能弄得文绉绉的，要符合立约人的身份，“你外祖父可是连手指甲都被卤水腐蚀掉的劳苦人”，还要造出一二语病和错别字。

契约写就，找谁抄？我和同辈人的字太嫩，萧老师本来是理想人选，但他被斗怕了，不敢平白犯一条“伪造文书”的罪。我想到祖父。

二

1900年出生的祖父，这一年七十八岁。他常说，小时候要不是家里太穷，多读几年书，说不定能成为书法家。他出生不久，曾祖父只身去了秘鲁，在那里终老。他和曾祖母相依为命，只读了三年私塾。十四岁去县城的“杏和堂”药材店当学徒，四年后出师。然后当“巡城马”（民初，贫苦的年轻人肩挑客人托带的书信、包裹、银票、货物等，定期在香港、广州及其他乡镇之间，像勤劳的马匹一样跑动，故有“巡城马”之称）。与极勤劳、精明和小气的祖母结婚以后，先当小贩，在县内各圩镇摆摊，攒下钱后开永益源海味杂货店，直到1948年。这一年于我家族的意义非同小可：我作为长孙出生，外祖父风光还乡，我家在水步镇中心地带购地皮，建带骑楼的两层铺子。铺子落成，永益隆文具纸料店开张。

这个店不消三年，就在小镇同行业中升为老大。所卖货物以文具为主，兼营镜画。镜画（带框的玻璃，背后镶水银，镜面画花草鱼鸟）是热门礼品，大凡有点身份的，给结婚和新屋落成的亲友送礼，送上一面，常年悬于厅堂墙壁，比送鸡鸭和现金亮眼且具长期效果。顾客买了镜画，须以红瓷油写上下款。这差事，非祖父莫属。还有，顾客办红白大事，祖父也包办写字：给买下红纸，筹办婚娶的人家写“双喜”，给尚雅的写一副“连理枝头腾凤羽，合欢筵上对鸾杯”，给爱俗的写一副“好男好女好婚姻，新人新事新气象”。替买下白纸的写哀旌，诸如“绿水青山谁作主，落花啼鸟总伤神”。

我六七岁时，站在柜台旁，听到祖父吩咐：“拿家生”，就屁颠屁颠地跑到货架后面的小桌，拿起一小罐瓷油和泡在天那水里的毛笔，踮踮脚，放上柜面。顾客恭恭敬敬地道出送者和授者的名字，祖父挽起唐衫阔大的袖子，以狼毫笔蘸瓷油，在镜画右上角写下“××尊兄台叠翁之喜”，右下角写下“××携眷敬贺”。

没有疑问，挥毫是祖父至高无上的盛事，比卖货有意思得多。这岂止是例行的售后服务，简直是“露两手”的最佳场合。遇上圩期中的客流高峰，铺子里挤着黑压压的人群，多是来买开学用的铅笔盒、作业簿的小学生和他们的家长。一位富态的中年农家女子进来，看穿戴和神情，就晓得是靠“撕信角”（指收到外汇）为活的“金山婆”，她打一声招呼：“大老爷”，转身对着墙壁上挂的一系列镜画，指定要哪一幅。祖父从柜台后走出，把镜画拿下，平放在柜面。接下来，祖父在镜面上写下工整的小楷，一笔一画，严谨而灵动，边写边和客人说话。写完，侧着头端详。谁都看出来，矮胖的刘老板，此刻飘飘欲仙。春节临近，祖父也写一批挥春，贴在铺子内外。

虽然祖父热衷于写字，但比练字更频繁的，是背诵旧体诗。天晓得是从什么时候开始的，记下这么多首唐诗宋词。开文具店的年代，他在码货、点货，趁附近无闲人，以保留“唐音八声”的台山方言，啸吟李贺的《李凭箜篌引》：“吴丝蜀桐张高秋，空山凝云颓不流。江娥啼竹素女愁，李凭中国弹箜篌。昆山玉碎凤凰叫，……”愈念声音愈大，惹得祖母笑骂一句：“老鬼发癫吗？”我太小，听不明白诗的意思，又被祖父宠惯了，说话没大没小，嚷嚷：“爷爷，你吵得我做不成作业啦！”他哈哈大笑，说：“得了，不念。”说罢，从微斜的肩膀下拿下毛巾，擦我头上的汗，我却挥手挡住，因为受不了那把汗味和烟草味。

1957年，文具店在“资本主义工商业社会主义改造运动”中并入供销社，祖父被调到中药门市部，自此重操旧业——抓药，练字更无从谈起。但是，我上初二那年，放了暑假，在家里小阁楼，一个堆满瓮、缸、箩筐以及他当“巡城马”时专用藤篮的角落，翻出一个状如滚筒的物件。撕开几层牛皮纸，原来是一幅书法。它是经精心装裱的，宣纸贴在绫上，上下两端带木轴。可惜年代久远，虽因包装密实，没染灰尘，但惨遭蠹鱼和老鼠蹂躏，破洞不少。我细看，是行书，字是从小就熟悉的，每一个拳头大小，左下角写着：“戊子炎夏瑞康书”，还盖了篆书的印鉴。我又惊又喜，想不到上班时要么拿着戥子称甘草、桂皮、麦冬，要么坐着操铡刀切北芪、当归的祖父，有如此清雅的作品。

当天，祖父从中药店下班回来，满脸倦色，坐在藤椅上抽水烟筒，我把墨宝打开。“爷爷，看！”他眯眼上上下下看了一次又一次，盯着自己的签名，干笑了一声：“是我写的，记得，你刚刚出世，家里喜事连连，我写个条幅，表示表示。”

“字真好！想不到……”我由衷地赞叹。

“我嘛，笔性从小就不错，上书馆那阵，习字是给塾师贴堂的。”“笔性”一词，他过去提到许多次，意思是“天分”。“后来呢，也不是没下过功夫，在台城杏和堂那阵，打算学中医，为了开药方不出丑，临柳公权的《玄秘塔》、赵孟頫的《大学帖》，还有黄庭坚，行走江湖以后，才荒疏了。没那个命……”他抽一口水烟，抬头吐出，得意地指着字说：“还算有模有样呢，这气势，现在哪里写得出？”说到这里，祖母在厨房里高声叫：“不来吃，菜凉了！”爷孙的严肃交谈只好结束。

不料，第二天，我视若珍宝的滚轴不翼而飞。我在家里怎么也找不着，赶去中药门市部问祖父。祖父把我拉到后门，看四下无人，低声说：“被人看到，当作反动罪证，怎么得了？”原来，他大早起来，把滚轴打开，用剪刀剪碎宣纸，塞进灶膛烧掉了。祖父为什么毁掉唯一的纪念物，它不涉及政治，无非是抒读书人用世的怀抱。但是，生性不爱惹事的老人认为，“口气好大”的语录留在家，终归是祸害。我没说什么，灰溜溜地离开中药店。

那一年我十四岁，对这一幅书法的内容的记忆模糊，直到1983年，我在一本书中读到顾炎武的文字，其中有句：“必有体国经野之心，而后可以登山临水；必有济世安民之识，而后可以考古论今。”仿佛划着一根火柴，把昏暗的记忆之库照亮。祖父所写，就是明末清初大儒的这一名言，我没忘记首句“体国经野”和“登山临水”两个关键词。

因为“文革”的耽误，祖父到七十岁才退休。那是1970年，两年前，祖母因心梗遽然辞世。在小镇住了几年以后，父亲不放心他独居，让他回到村里，住在祖屋旁边的小屋子里，以便亲人探视。

三

我和祖父谈起申请出国的事，他耳背相当严重，我必须高声说话。不必多解释，他就满口答应。“出去好，从你爸一代起，我家断了侨路，长久下去不行。”

次日，我请祖父回到祖屋，让他安坐在厅堂的八仙桌旁。我打开费尽心机才从县城卖旧书和文房四宝的商店找到的皱纱纸。祖父蘸墨，照抄我以钢笔起的草稿。

七十八岁的祖父，握笔的手一点也不颤抖，楷书笔画硬朗，依稀看到柳体的骨格，少许黄庭坚《松风阁》的气概。我像小时候一样，给他按纸。他光秃秃的头，在日午的暖阳里闪着蔼然的光。两百多字的假“契约”，祖父写了一个中午。末尾，他以大写写下“一千九佰肆拾捌”，灵机一动，对我说，哦，1948，我家好多喜事呢！我立刻记起那幅笔势飞动的顾炎武语录，接口道：“就是嘛，您那年写下一幅光耀门楣的好字！”他一下子没想起来。我提醒：戊子年不就是那一年吗？他搁下毛笔，开怀大笑。

自从1969年祖母遽尔撒手，就这一次，他笑得无比豪迈。

四

2019年6月，我端详着珍藏的假契约，泛黄的纸有一个小破洞，墨迹清晰。三个人的签名，我是分别请朋友写下的。至于三个图章，或篆或楷，记不起出于谁之手，很可能是我请发小廖伟刻的，是番薯做的也说不定，反正只用一次。这张耗费我以及师友许多心血的假玩意，结局是：瞎子点灯。我来不及附在《出国申请表》上，国家的侨务政策大幅调整，凡有亲属在外的，一律放行。

1980年夏天，我和祖父道别，踏上漫长出洋路。四年后，他在祖屋去世。我因遥远且经济上未脱困窘，没法奔丧。如今思及，痛彻心肺。

重办婚证记

2009年春天，我们回到小镇。这天午后，烟雨之后的湿气搅和过的阳光，牛奶一般，且加上不算粘滞的燠热。我和妻子眯着眼，站在镇政府外面。两点差五分，石阶上陆续响起脚步声，大小官员和办事员们带着午睡后的惺忪，走向办公室。我们随后。一个多功能办公室的门开着，我们小心翼翼地进去，走向一张上面搁着“民政专桌”牌子的桌子前。来前，在县城官至计划局局长、五十五岁不到就提前退休的老朋友电话联系过，所以，不必道明来意，在桌前埋头办事的干部已猜到我们是谁，来干什么。

这位“民政”资格相当老，背驼，瘦长的身躯，头发垂向桌面，活像一丛零落的秋后芦苇。一张忠厚的马脸，刻满皱纹，仿佛老榕树的根须，教我想起“案牍劳形”的成语。以开具五花八门的证明为人生使命的小吏，是一颗被“手续”和“文件”打磨成功的鹅卵石。他的乡音让我起了莫名的好感，凭对家乡方圆十里的方言的熟悉，我几乎可猜出他的祖籍是哪个村子。不过，这里是原汁原味的老家，我并不稀罕他的“山尾佬”口音，尽管兼有大牛山深谷山风的粗砺和山坳羊肠路上推鸡公车汉子喘气的嘶哑，听来极为亲切。

却由他想起当年办结婚证时遇到的老“民政”。老“民政”在“行政二十三级”原地踏步半生，每月工资五十五块五毛。可真是好人，那一回，也是溟濛的烟雨时节，我和妻子走进公社办公室，老“民政”从案卷中抬起头，一看就知道我们是登记结婚的。他要过妻子手里的照片，在登记簿里记下资料，从文件柜里抽出一张以红花绿草衬边的证书，填下名字，然后，一本正经地宣讲计划生育政策，“要避孕，哈！生孩子要计划，哈！你，哈，别光顾自己快乐，要疼她，她是你的女人。”他操着干部腔，在语句的间隙加上衬字，在卑微的职位上加进威严，边说边用被烟熏黑的食指戳了戳我的革新装上衣。“我的女人”在旁边脸红红地傻笑，抢过结婚证，一溜烟地跑开。我好不容易追上，她站在骑楼下喘气。妻子说：“他有个花名，叫‘任婶’。”我说我光知道老民政叫“任”。妻子说，他的婆妈脾气早出名了，爱唠唠叨叨地训人，背后被当作女人。归途上，我骑单车，背后载着从此名正言顺的“我的女人”。那天，春天的太阳是白色的，两只布谷鸟在虎山上叫，一贯的悲调换成欢乐的联唱，这边“早耕”，那边“早锄”，为了路上一对春风得意的人儿。

眼前，姓李的“民政”上楼，捧出一本封面有“1973年”标签的大文件夹，打开目录，指头沾沾口水，翻到3月18日那一页，《结婚登记表》上，有我和妻子的签名，有我们在照相馆照的两吋黑白照。我的签名很大男人地占着大半栏，把妻子的签名逼到一小角，仿佛预示着三十六年双人床上的景观——娇小的妻子被我挤到一边。照片上年方二十五的瘦男子，我差点认不出来。这家伙别说没笑，还正经得像举手宣誓加入某神圣团体，足见拍照时一点也不会放松。“怎么保存得这么好！”我和妻子惊呼，“民政”骄傲地说，那用说？机关嘛，都是有案可查的。我没敢问“任婶”的近况，他要健在，该在90上下。我不舍地盯着签名，暗想，这可是平生第一个具“一锤定音”意义的中文签名，我从此执行生命中至为紧要的契约。

水步镇政府

"民政"努力摆出"天降大任"的模样，等候我们央求他。我告诉他原委，我们早在1980年移民时已在县公证处办过双语结婚证。这次办，并不是上交给美国的政府。

"民政"打断我的陈述，说，你拿来干什么我不管，我只管发得合法不合法。我说，那是给我所在的工会，为的是证明夫妻关系，以便在我退休以后使妻子获得工会提供的健康保险。他又说，要一张现在的双人照，你们现在去照相馆，马上能拿到。说罢，他朝门外叫了一声，进来一个戴手袖的中年妇人。"民政"吩咐她："带他们去你那里。"我本来要以叛逆的语气发泄：早知道手续这么繁琐，就去办一张假的，反正管用。但这一刻不愿破坏气氛。

我暗暗嘲笑自己的世故，唉唉，你这过时的红卫兵，怎么低声下气了？上溯四十年，1968年的冬天，你不是在镇政府的前身、即公社党委会，找上正副书记们，要他们在为受迫害的革命群众平反的声明上签字，不可一世地训斥这些不可一世过的当权派吗？

在路上打听到，这妇人的男人在镇里开照相馆。到了镇里，从"圩顶"往下走，两旁的店铺都是建圩的1925年前后建起的，又矮小又破旧。五十年前我的同学、玩伴的家，一路可随手指出。照相馆开在"大跃进"前我父亲当副经理的百货店的隔壁。我和妻子进去，老板自我介绍姓罗。我不经意地说，从前的公社书记叫罗××，老板接口道："他就是我爸，早不在了。"我用心算了一下，罗书记如健在，也是"任婶"的岁数了。

罗老板头秃，背驼，脸孔白得像春三月包围上弦月的云。他正和快要离开的顾客套近乎。陪同的罗太太看到我一脸不耐烦，催促道："人家要赶路呢！"罗先生马上把前后两盏聚光灯拧亮，利落地走到前面，拿出照相机，按了两下。"稍等等。"他说。这神态，倒和那次低声下气地在"平反声明"上签字的乃父相似。果然，五分钟后，数码照相机里的图像变成我手里的彩照。付了钱，马上往回赶。"民政"给了我们一份证明，上面有三十六年前登记表的影印件。老照片旁边，贴着新彩照。

我和妻子并肩站在镇政府的办公桌前，我的手搭在妻子的肩膀上，轻轻按了按，暗示着：我们要记住这一刻。三十六载春水，那是姻缘的涓涓啊！载着爱情，载着儿女，载着责任与期许，流在家乡，流在异国。青年的梦，中年的担，都远去了。儿女离巢，白头人，能紧紧握着的，是配偶的双手。

走出办公室的门，天依旧白白地亮着。我说，来。拖着三十六年来从没有分开过，一起经历艰难，一起享受欢乐的发妻，跑了起来，在家乡的路上。布谷鸟在远方歌唱。

感谢结婚证，让我们又做了一次新郎和新娘。

他的名字叫“生活”

一

生活是我的总角之交，他姓黄，原籍是丫髻山脚下、离小镇十里的灌田乡。灌田乡的口音堪称一绝，粗硬无比，以舌头压上颚发声的字一概往后移，从喉咙“咳”出。但生活是在水步镇长大的，一说话就和在山脚土生土长、二十多岁才来镇里开“常隆”货栈的父亲黄屯区别开来。从抗战胜利后到1949年，水步镇商业繁盛，百业兴旺，本地商界有一个习惯，把商号和名字连起来，生活的老爸被称为“常隆屯”。妈妈、生活和两个哥哥、两个弟弟、一个妹妹，统称为“常隆屯家的”。

生活生于1947年，比我大一岁。但我六岁上小学，他八岁才上，我反而成了“学长”。一来他家境一般，父母忙于养家活口，不能在儿女教育上花很多心思（我家亦然，家长从来不关心儿女的学业和操行，你背起书包上学去，他们的责任就完成了）；二来不是读书的料，成绩仅仅合格。他上学连像样的衣服也没有，夏天牛头裤加背心，赤脚上有永远洗不干净的泥巴，让谁看到，都断定他是和教室无缘的野孩子。

一辈子填履历表，文化程度都是“小学”，被他视为奇耻大辱。他毕业的1962年，“大跃进”时代各公社匆忙上马的农中、侨中被砍，只留下为数不多的正规中学，水步镇只一所初中。他有自知之明，连考场也没进去。他的优势是吃“国家粮”，穷于应付家计的父母巴不得生活早早独立。

生活的弱项是读书，其他门道却精得很。我早就认识他，是为了他“捉鱼专家”的赫赫声名。因崇拜他这一功

水步镇街景

夫而与他结交。他和我住处距离不远，但上的小学不同。我在街上见到，他腰间总系着一个鱼篓，浑身上下是泥巴。有时我陪祖母上菜市，也见到小不点的生活，在鱼档的间隙，摆出一个小盆，盆里游着鳅鱼和黄鳝。他机警地和大人讨价还价，仰起沾着污垢的小脸，不听话的鼻涕流在人中，使劲吸回，剩下的就用手背揩去。我知道，他把换来的钱放进妈妈手里时，换来的笑容是怎样的温柔。

有一次，他从小镇外回来，经过我家对面的骑楼下，喜笑颜开。我知道他一定斩获甚丰，出于真诚的敬仰，快步走过去打招呼，问："捉到什么，捡了金子似的？"他把沉甸甸的鱼篓打开，满登登的是鲫鱼，身个不大，但鱼鳞亮灿灿，鳍嫩红，比得上盛开的桃花瓣。我羡妒地叫了一声。"春水下来了，鲫鱼最多。""哪里捉的？"他眨眨眼，神秘地看着我热切的表情。"要不一起去，我刚刚弄到一个戽斗，新的。"我说。这是实情，我母亲的继祖母从潭江畔来，扛来这一只我渴望已久的捉鱼利器。我们称为"白白"的老人家说是在田垌捡的。我想，哪有这么便宜？不是买的就是顺手牵羊。生活动心了，说："明天放了学，我们去。"

第二天，我扛着自以为谁看到都眼红的新戽斗，和生活走到田垌边沿的小塘子。看着白汪汪的水，不能不佩服搭档的门槛精。他算定一个人无法排干塘子的水，所以拉上我。先挖泥坯筑坝，再一起戽水。生活用小铁桶，我拿戽斗。戽斗的优越性马上给比出来，腰不必弯下，每一次盛的水也多。水干下去，红鳍鲫鱼的狼奔豕突，教人心花怒放。这一回合作，收获并不可观，每人只得到七八条鲫鱼和几条泥鳅。我算是领教了生活的手艺，他不用等到把水排到露出泥土，还有两三寸深时用双手摸，连钻进污泥深处的黄鳝和泥鳅都不会遗漏。我的唯一长处是卖力，戽水一气呵成。

和生活合伙捉鱼，直到上了初中才停下，但周末和暑假，两人偶尔重温捉鱼之乐。惯常去的几个地点，安上只有彼此明白的名称，比如妇产科医生林洁慧的诊所，后门所对的小溪中段，那个大热天最多鱼儿聚集的小潭，叫作“洁慧浜”；牙医汤治群家菜园旁边的水渠，叫“治群圳”；通往长塘乡的牛车路旁的塘子，叫“长塘潭”。行动前，只消说出暗语，在约定的时间，两人便同时出现在水边，都是赤膊，只穿短裤。

二

1960年，我考进县城中学。生活1962年从小学毕业，没到工作的年龄，便专心捉鱼。十六岁那年，他被招进属县第二轻工系统的农具厂当学徒。三年过去，十九岁成为钳工二级，工资38.50元。比起穷学生，是大富翁。他为人豪爽，和我一起上茶楼，吃夜宵，都抢着做东，并且多次声明，单谁也不能抢。

从“鼻涕虫”变为“后生仔”的生活，应一句老话：“士别三日，当刮目相看。”青春期的生活，个子往上拔，达到一米七三，脸拉长，鼻子变高，配上两道剑眉，一个颇为俊朗的男子汉。

从捉鱼的伙伴进到“沙煲兄弟”，即“死党”（从林彪出逃的1971年以后，“死党”一词开始流行，借用来给男子之间“两肋插刀”式友情命名），起于1966年。成为外貌具有相当吸引力的二级工以后，生活突然对“小学程度”产生深刻的厌恶。和我的友情升温，正是这种心态促成的。他进我家，注意我读什么书，说话时用上一些不大懂含义的词语。可算天作之合，我的课外书全是文学，而不是他压根儿不沾边的数理化。一个星期天，我从九公里外的学校回到家，这个小时候和书本无缘的家伙，穿上新买的雪白“的确良”恤衫，黑亮的头发抹上少许发乳，来我家小坐。我开玩笑：“是不是谈恋爱了？”他有点脸红，说：“读书这么少，谁看得上？”“笑话，你吃的是国家粮，一个月拿几十元薪水，堂堂正正的工人阶级，女孩子排着队来！”他没立刻回答。我纳闷地回过头，原来他正对着墙壁上的穿衣镜，用手拨弄耷拉的头发。我想起《诗经》里的名句“有女怀春，吉士诱之”（刚才从郭沫若早期短篇小说《吉士》读到的），“扑哧”一声笑了。笑声惊醒生活，他马上说：“娶农村的容易，但城里的女孩子会有想法，她们哪一个没上过中学？”

于是，依然年轻的生活和我商量怎样摆脱小学学历。我罗列了各种可能。升学，他年龄太大，报名考高中是笑话；城镇人口可报考中专，但放弃已满师的工作不合算。他甚至妄想，和镇里三个青年一起，参加高考。我说那三位的学历都是高中，你凭什么？他低头不语。我安慰他，自学嘛！打好了基础，就报考函授大学。他精神一振，问我该怎么办？我说先自学中学课程，并列举名人自学成才的例子，比如高尔基。我动情地讲了高尔基名著《我的大学》里的故事。生活听出了神。临走前，他握住我的手，感慨地说：“真羡慕你，快考大学了。”

那是1966年春天，我为准备七月举行的高考，周末留在学校居多，一个月后回家拿膳费，一进家门，祖母就告诉我：“阿生来了几次，问你回来没有。”晚饭后，我去找生活。生活在家里摆弄矿石收音机，故作矜持，没有说多么急切地要和我见面。谈了一会，进入正题，他搔搔头，严肃地说：“想好了，现在开始自学，三年把中学课程学完，报名上函授大学。”他向我借书，我说你来我家选好了。

我没钱买书，幸亏在省城一个区当文化馆长的叔父，为了报读大学中文系的函授课，买了很多二手参考书，后来都给了我。生活在我家一本本翻，《鲁迅旧诗笺注》《茅盾的创作历程》《宋词小札》《马雅可夫斯基诗选》，他嘟囔“不懂”，放下了。“我怕连字都认不全呢！”他沮气地说。我指了指掉了一扇门的五斗橱的下方，说：“那里还藏着一些，1949年前父亲或叔父买来消闲的。”他猫下身子去翻，选到一本，喜滋滋地让我看。俗艳的封面上，西装男和旗袍美人依偎在栏杆前，背后有飞檐，是灵箫生著的言情小说《海角红楼》，我上三年级时读过。“怎么样，这本？”我狡猾地眨眨眼，说：“写三角恋爱的，你想学几招？”他不回答，塞进裤袋里走了。我看着他的背影，差点追上去抢回来，因为突然想起，这是宣传资产阶级腐朽思想的大毒草，单是封面就够挨批判。第二天越想越怕，到生活家交涉，痛陈利害。他嬉皮笑脸地说，我是响当当的工人阶级，谁敢怀疑我？但答应严格保密，只在卧室看，不看时锁进抽屉。“你必须提防阿光！”我警告他。生活的弟弟生光，在“常隆屯家”是被妈妈宠坏的小霸王，调皮之极，连妈都敢掮嘴巴。我怕他溜进三哥的卧室，把“黄书”偷出来，拿到学校去。

下一次，我从学校回家。生活二话没说，进我家径直上楼，翻五斗橱底层，他找到五六本绣像小说，都是1949年前出版的，什么《伦文叙上京》《广东才子会梁储》《伦文叙三戏柳先开》。我上小学前读过。他瞪大眼睛，说：“啧啧！今晚不睡了！”我只有摇头的份，读这些破书怎么能应付函授学校的入学试呢？再想，他就这个程度，怎能强迫？我试着提醒他，“读闲书”和“补习”不是一回事，他必须读教科书，学语法，练习作文。他困惑地说，别的读不进去，怎么办？

三

“文革”开始，我们这一届参加高考的机会被剥夺，留在学校，先受县委会派出的工作组管治，学生分左中右，写揭发校长、老师反党反社会主义罪行的大字报。工作队撤走后，来了从野战军派来的小军官，开展军训。接下来，是派斗。1967年夏天，县城分为红旗派和东风派，这是潮流，广东各地都如此，从省城模仿来的。红旗派被对方称为“旗派”，对东风派的蔑称是“总派”。

我在红旗派内成了小有名气的写手，专写和“总派”对骂的大字报。一天晚间，我在“红核弹”总部写《“红联总”“好得很”论可以休矣》，生活推门进来。我惊奇地站起，问他是怎么找到的。“嘻嘻，在传达室前提起你的名字，就有人指路。”我得意地笑笑。他身上的不是光鲜的休闲装，而是沾着油污的工作服，可见是一下班就赶来的。我没问，他就从上衣口袋掏出一张带油渍的纸，“替我改改。”我打开一看，是《“雄鹰战斗队”成立宣言》。我问他是怎么一回事。他说他们厂里的“司令部”是先前的“文革”委员会操纵的老保，他和三位青工不买他们的账，杀出来了。明天就在厂里头贴出《宣言》，召开成立大会。“有多少人？”我问。他迟疑一下，最后说了实话，“目前是四个，阿良、阿均、阿茂和我，你都认识。”他们都是水步镇出生、长大的，和生活同时进厂当学徒。我说，星星之火，可以燎原嘛！我细看了草稿，是生活的笔迹。他们四个之中，生活是当仁不让的秀才。《宣言》大部分内容是语录和小报抄来的，也不连贯。我马上替他重写一遍。他道谢不迭，连夜赶回。几个月过去，小镇风平浪静，它不同于县城，派斗成不了气候，生活的“战斗队”从头到尾只贴了几张转抄的大字报，厂里连批斗走资派也搞不起来。也幸亏这样，生活他们几个小青年没受多少洋罪。放在县城，当旗派的工人，到了秋后算账阶段，许多人挨整，头头进了看守所。

“文革”的折腾，使得生活的函授梦破碎了，幸亏他好歹读了一些杂书，论学问，不比普通中学生差。问题是他形成了顽固的自卑感，终其一生，“小学程度”成了他最大的心病。

四

我从二十岁起回到老家当知青。在乡村，靠赚工分养活自己，是和自拔头发升天一样的梦。和我相比，二级工生活是朋友中较为优越的，他实在够哥们，常常骑两公里的单车来看我，拉我去小镇吃宵夜。钱是绝对不让我出的。

有一次，我用政府发放的知青补助款买了一部“红棉”牌自行车，骑着进圩找他。他看了车子，说：“辐线太小，城里人骑着兜风可以，你却不行。”我问为什么。他说：“你不是要上山打柴吗？山路难走，颠上几个来回，轮子就不圆了。这样好了，我包换，不要你花钱。”他找一个休息日，把我的车子推进工棚，和当年与他一起造反的阿良一起，把两个钢圈卸下，拆下12号辐线，开钻机，把固定辐线的小洞一个个钻大，换上较粗的9号辐线，单车顿时提升到单车搬运站的专业车相同等级。我要把材料和工钱还给他，他和阿良憨厚地笑笑，说，别开玩笑了！

悠悠四十多载，我对乡村夜晚的记忆，饥饿是第一位的，其次是蚊子和苍蝇。蚊子响声如雷，数十万只苍蝇爬在厨房的灰色天花板上，漆黑一片，没有一点缝隙。生活的到访差不多是唯一的福音。他不时带上面包和汽水进门，我的回报是借书给他。我的藏书都是从广州叔父那里搬回来的，他下放五七干校，没读书的心情了。生活看的书起了微妙的变化，从小说《野火春风斗古城》《小城春秋》《子夜》变为《普希金抒情诗选》《冈察洛夫诗选》。我审问他：“别装蒜，到底看懂不？”他嘻嘻地笑着：“老实话，不大懂，可是，我要学写诗呢！”“有吗？给我看看。”我逼他，他坚决不肯，临走才说实话，写是写了，知道见不得人，只能骗骗女孩子。

“你恋爱了？”我捶了一下他的胳膊。

他说，没有，真的。我是这样想的，要找就找个知书识墨的，到那时，用诗歌交流，多浪漫！

有一次我去他家，趁他下楼拿开水，我翻了翻他搁在桌子上的笔记簿，果然有一些分行的东西，是从“文革”前的歌曲集抄的歌词，什么《花儿为什么这样红》《敖包相会》《九九那个艳阳天》之类的。

五

1969年，生活终于谈上恋爱了。女子叫阿秀，是离水步镇五公里的都树大队人。小巧秀气、性情温顺的阿秀和生活同是二十二岁。那年纪，对乡村女孩子而言，已贴近“老姑娘”的临界线。他和她是怎样好上的，已恋爱了多久，生活严格保密，我懒得刨根问底，看他们在一起，亲热地读同一杂志，就知道不管是媒婆介绍，还是亲友拉线，都是情投意合的一对。“她喜欢读我的诗。”这是生活最骄傲的事。但是，无论我如何硬迫软磨，他不给我看哪怕一行。“丑死人！你看了准批个大鸭蛋。”

那是什么时代？唯一的广播系统每天播送两报一刊社论和“梁效”的大批判文章，加上公社电影队的巡回放映，要么阿尔巴尼亚的片子，要么《列宁在1918》，要么样板戏，然而小学毕业生生活以“诗”把恋爱谈得热火朝天！

看得出来，阿秀对生活十分满意，走动越来越勤。不久，在阿秀的家长的催促下，两人订婚。从此未婚妻以“主人”自认，一进生活的家门，就把他一家的脏衣服收集起来，洗干净，晾晒在铺子对面的圩场边。生活的妈妈看着未来的媳妇，神情不阴不阳的，有时漏出一句：“好是好，可惜是吃谷的。”（农村人口叫“吃谷”，与城市人口“吃米”相对）

三个月后，生活要去阿秀家，邀我同行。碰巧是农闲，我不上山打柴就无事可干，我和生活骑上自行车，买了礼物前往。阿秀和我们打个照面就不见了。不一会，她带一个女孩子进家。女孩子勇敢地盯着我，几分钟后，作一个高深莫测的微笑，消失了。回来路上，生活鬼鬼祟祟地露底牌：他把我带去，为的是让阿秀最好的朋友“相相亲”。我生气地说，我连自己也养不活，怎么有资格娶老婆？生活嘻嘻笑说：“谁要你马上娶人家？给她写诗好了。”“你和阿秀好，就是为了写诗？”他得意地笑，不回答。

五天后，水步逢圩期，一个中年村妇上门，找上我的祖母，说她的女儿已和我“相过亲”，很合意，问我家的意思。我祖母半开玩笑半正经地推掉，理由和我一样：养不活自己。我骂生活多事。生活说：“阿秀说，她要她最好的朋友嫁给我最好的朋友。”

生活和阿秀，按照惯例，在订婚的同一年，婚事是必须办的。阿秀快二十三了。生活却拖着。我问他，他说他早就想，可是母亲变卦。我问为什么。“母亲看到我厂里的伙伴都娶了吃国家粮的，就我娶个乡下的，将来孩子入不了城镇户口，劝我解除婚约。”“你作诗，一定山盟海誓好多遍了吧？这么儿戏！”“哎哟，诗归诗……好在，我的诗没传出去……”生活在母亲的主持下，一味拖延，最后，阿秀下了最后通牒。生活不敢和阿秀见面，母亲在门外拦住阿秀，说，这头亲事不能办了。阿秀问为什么，她说她去找盲公排了两个人的生辰八字，盲公说你和阿生相克相冲。阿秀气红了脸，骂道：“下聘礼那一回，你不说过为我和阿生排过吗？说八字般配。做神是你，做鬼也是你。”“那一回你说错时辰，你看，你们订婚以后，你爸好端端地，在工厂给切了两根手指。”生活的母亲反驳。阿秀气哼哼地走了。事后我打听出来，生活母亲的反悔，纯然出于经济的考虑，她开始时同意儿子和农村姑娘阿秀成亲，是看在阿秀有“香港路”的份上，阿秀的爸爸在九龙的铁工厂当工人，每月汇钱回家，日子滋润。但最近生活的母亲得悉，阿秀的父亲因工伤导致永久伤残，不能再赚钱，阿秀失去唯一的优势。

生活和阿秀分手后，那几个月很是沮丧，来我的村庄更勤，待在我的房间，很晚才离开，他一直不抽烟，说烟呛人，受不了，现在居然抽最凶猛的“大碌竹”（水烟）。他努力找阿秀的缺点，一如从前激赏阿秀对他这位“诗人”的崇拜。终于，生活确定了不娶阿秀，最过硬的理由还是：她是农村人口。想通以后，生活为对象制定了基准线：必须是教师，公办最好。

机遇终于到来。1972年春节，二十四岁的二级工生活在一位在附近小学当教师的亲戚推荐下，和阿彩相亲。阿彩比生活大三岁，师范学校毕业后，响应党的号召，离开家乡，到粤北连州的穷山区任教，至今已八年。穷山恶水把她吓怕了，非要调回家乡不可。为了离开，她拒绝了所有当地人的求爱。她明白，一旦在那里结婚生子，这辈子就完了。这年寒假，阿彩回老家看望父母，遇到热心人牵线，回校前赶往生活家相亲。生活为了保险，嘱咐我务必到场。

阿彩毕竟是当了多年老师的人，落落大方，微笑着和我握手，交谈。阿彩个头矮，有点胖，但脸蛋清秀。刻意往年轻打扮，穿白衬衣，黑裤子，颇像高中毕业生。显然是有备而来的，眉眼含情脉脉，把生活“电”得一愣一愣的。人家越坐得久，他越是慌乱。生活的母亲在旁，递茶添水，眯眼看着阿彩，脸笑成大菊花。阿彩是公办教师，月工资48.50元加上山区补贴，差不多60元，比生活收入高。阿彩还强调，学校领导早已许愿，只要她在家乡结婚，就在她的调动申请上盖章放行。

生活送走阿彩一行，紧张地问我：“怎么样？”我说你喜欢她，她看上你，这就是缘分。生活两手抱着后脑勺，坐在木制“北京椅”上沉吟，说：“她确实不错，但我不知道她底细，从前谈过恋爱没？二十七岁的老姑娘……”我无法回答。我还看到，阿彩的头发是染发水染黑的。这么年轻就用这个，很不寻常。我不愿扫生活的兴，没说出来，反正不是大问题。

六

阿彩回到连州山区上课才几天，学校来了不速之客。生活推开老校长的办公室的门，并没有引起别人注意，倒是他自己猛然想及，有些不对。哪里不对？他对自己说，不要急，先想好。对哩，该怎样作自我介绍？不错，他带来工厂开的证明，但写的是：“兹有我厂工人黄生活同志往连州县太平镇五一小学探亲”。这就是五一小学，问题是：所探的“亲”是谁？当然是彭凤彩老师。可是彭老师刚刚从老家回来，你为什么舍近求远？硬着头皮自称是“彭老师的男朋友”行不行？两人何曾确定过关系？如果亲事砸了，阿彩怎么做人？生活越想心里越没底，干脆不进去，掩上门，溜到外面，点着香烟猛抽。幸亏校长室没人。

生活先从台山乘车到江门，再从江门坐长途，转两次车，颠簸八个小时到连州，完全是心血来潮。公办教师阿彩的条件太好了，除了比他大，从哪个角度看都是“高攀”。可是，阿彩在外地生活这么久，务必把她的底子摸清。于是，他到厂里找车间主任，说有急事，要用一年积累的七个补休日去一趟粤北。头头知道他此去是为了找对象，乐得做顺水人情，让人事干部开了证明。在连州县城下车，雇一辆载客单车把他送到五十公里外的五一小学。盘蛇般的山路，许多地方荒无人烟，他这才明白为什么阿彩不惜一切代价离开。

好在他进校门的时间是下午，老师带学生到校办农场劳动，校园里静悄悄的。生活逛到食堂门口，遇到买菜回来的炊事员，告诉他要找彭老师。炊事员告诉他此刻校内没人，请他等等。炊事员为人热情，把他带到里面，给他送上一杯茶。生活稍感安心。刚才在校长室门外，曾动过鞋底抹油的念头。独坐喝茶时却下定决心：这一趟够辛苦，岂能空手而回？

傍晚，生活受到老校长极热情的招待，但主人并非“先敬罗衣后敬人”，尽管生活的穿着足够高级——呢子大衣是用前几年补发的工资130元请裁缝做的，皮鞋虽然蒙尘，在山里人眼里不是高干就是华侨。是生活带来的家乡土产——蚝豉和拇指大的虾米起了作用，那是生活当供销员的大哥买来送礼的。生活走得匆忙，临行前在大哥的房间看到这些，一边说“回来再算账”，一边拿走了。

清贫的山旮旯小学的校长哪里吃过珍贵海味？校长给生活沏茶，看了介绍信。抬头看坐在藤椅上的客人一脸尴尬，马上明白对方七拐八弯的心事，不问生活的来意、身份，就把彭老师的情况详细介绍了，用的是给学生写操行评语的语汇：“彭老师在这里教了八年，担任二年级或者三年级的班主任，忠诚于党的教育事业，勤勤恳恳。……她工作上的表现，你还可以向别的老师和同学了解。我想强调的是，彭老师为人正派，她多次向我表示，父母在老家年老多病，没人照顾，她在这里难以安心。所以，她没有交过男朋友，清清白白的女同志，哎，谁娶上是谁的福气……”生活给他校长递上第三根“大前门”牌香烟时，校长以斩钉截铁的语气说。生活一方面感到疑团已解的轻松，一方面又因校长过分的“善体人意”而疑惑——这么厉害，我想什么他都晓得！

走出校长室时，从农场回来的老师们已换下劳动服，准备进食堂。学生都各自回家。校长带生活去找阿彩。阿彩正在房间外走廊洗脸，看到生活走来，惊得差点把脸盆也摔了。校长又表现出老成练达，说一句：“你们聊。”转身走出。阿彩把生活领进房间，让他坐在床沿上。这是三位女老师的集体宿舍。一人一副木板床之外，连写字桌也只能放一张。

阿彩是绝顶聪明的女子，一下子看穿生活此来的意图。“哼，来查我？找到什么错误没有？你以什么名义来？党组织还是单位的人事干部？”生活哑了，怎么说得清楚？

这一层阿彩也想到，急得脸通红，说：“你离开以后叫我怎么做人？你算是我的什么人？”生活一身冒汗，沉默了一阵：“我娶你不就结了？”阿彩发呆，狠狠地骂：“你说了算数呀？我没答应呢！我根本不了解你，连起码的交往也没有，就糊里糊涂上花轿啦？”生活手足无措，抱头说：“也行，我们不谈婚事，先做朋友。”阿彩说：“你不该来，你有什么资格调查我？”两人在房间里，吵一会，谈一会，声音时而大时而小。两位同房的同事要进房间拿东西，被站在走廊当“哨兵”的校长劝住了。

吃晚饭的时间到了，校长来敲门，请生活和彭老师去食堂。食堂临时加了一碟梅菜蒸猪肉，算是欢迎彭老师的朋友到访。这一晚，校长回三里外的家睡觉，把房间让给客人。

第二天，生活和阿彩见面。阿彩第一次把身体贴近生活，头靠在他肩上，长长地叹口气，说：“一夜没睡，想好了——嫁！”生活不知是喜还是惊，沉默了足足五分钟，眼神茫然。阿彩摇着他的胳膊，问：“怎么了你，反悔了？”“生米煮成熟饭，有什么好说的！”生活说。

接下来的两天，生活留在学校，阿彩下课以后和生活一起谈话，傍晚在周围散步，彼此初步有了了解。第三天，生活和阿彩一起乘车回台山。原来，生活和阿彩一起和校长见面，声言要请婚假，马上回老家结婚。校长早已把这位多年没解决婚姻问题的部下看作烫手山芋，即时恩准。

七

这一次“闪电战”的经过，是生活在婚后一点点地在闲谈中透露的。婚礼在他俩回到家后一个星期举行。生活的母亲几年前在生活和阿秀订婚以后，着手作了准备。全新的婚床和被子、五斗橱、笼箱都堆在杂物房里，盖着毡布。

那是1972年夏天。生活和阿彩去公社领取了结婚证，在家举行婚礼，宴开八席。亲友们坐在借来的四方桌周围，畅饮由生活那在县百货公司当供销员的大哥从外地买来的“竹叶青”。老一辈的水步镇人触景生情，说起1957年前常隆商号的盛况，按古制在贺幛上被尊称为“叠翁”（娶第一个儿媳妇叫“新翁”，娶第二个称“叠翁”）的前常隆老板黄屯，喜气洋洋地和客人碰杯。

一对新人从二楼走下来，生活一身米黄色北京装，阿彩穿粉红青年装。新郎的衣服簇新，布料是近年流行的高档货“凡立丁”。新娘子的装束一看就是“急就章”，熟知内情的朋友予以谅解，阿彩对婚礼几乎来不及做任何准备。好在，父母给她戴上祖传的金戒指和金项链，没显得太寒酸。吃过酒席，我因为祖父生病，要回家照顾，提前离开。

婚后三个月，阿彩终于实现多年的奋斗目标，被调回家乡，在中心小学任教。第二年，生了一个男孩。阿彩当了母亲以后，头发全白，被学生背后叫“白毛女”。原来她早在少女时头发就白了一半，参加工作以后出于维护形象的需要，一个月要染两次头发。怀孕时怕化学剂伤及婴儿，坐月子时想及大局已定，便不再染。我和生活的友谊照旧，1976年我作为知青被招进县城上班以后，两人见面的次数减少。

据我和朋友们的观察，娇小的阿彩是厉害角色，对老公，从钱财到晚归的时间都实行严密的管控。几年下来，生活的作派有了明显的变化，从前和朋友一起下馆子往往事先说好“我请，谁也别争”，现在有点小气。我偷偷问过生活，有没有给阿彩写过诗。生活苦笑说，屁！跟她说诗，疯了呀？

八

1980年夏天，我移民海外，和生活偶尔通信。这位小学程度的朋友，那几年恶补功课，不但赢得过阿秀的芳心，也提高了语文水平。他寄给我的信，不长，字迹也不算漂亮，但达意清楚，时有佳句。正为了这颇为出众的能力，他被调离车间，当上供销员，专跑外省，推销本厂的拳头产品——胜利牌电风扇。他在信中告诉我，他的业务出色，奖金拿得最多。1985年，他在水步镇郊外买了地皮，建了一栋三层洋楼。“你回来就住我家三楼！”他诚恳地邀请我。

可是，生活在1989年出了事。他这位为厂创造许多利润的“王牌供销员”，出门在外，为了拿到订单，为了买到紧俏的原材料，必须请吃饭，饭离不开酒，十多年下来，生活练出了不起的酒量。这也是他制胜的一个诀窍。觥筹交错的席间，谈判到了节骨眼，双方为了某个条件僵持。生活的拿手好戏是这样的：吩咐服务员拿出一瓶以上的白酒，把酒杯排成两行。生活豪气贯云地说：“哥们，咱不说废话，以酒赌一把，你们三位对我一个，我要给放倒了，你们提出来的我完全接受，吃亏回去受处分，算我命不好；你们先趴了呢，对不起，得听我的。”对手也是见过世面的，心想你这个广东小子，怎么和我等山东大汉比！行，干！谁知道，生活能喝三斤，少有的海量，因此，次次稳操胜券，接下来订合同，自然占了便宜。但那一次他遇到一个超强的对手，人家两个对他一个，一斤装的“五粮液”喝了十瓶，三个都烂醉如泥。人家次日终于醒过来，依然昏迷的生活被抬进医院，医生的诊断是：“严重酒精中毒”。三天后，厂里派车驰过五个省份，把生活接回。生活躺在家里的床上，足足12天才苏醒。从此成了废人，疯疯癫癫的，酒瘾已到绝难戒断的田地。

1993年春天，我去国十三年后，回到水步镇旧日的家。打听到阿彩在附近的小学任教，请镇上朋友邀阿彩来。中年的阿彩，苍老不少。她以出奇冷静的语调说起丈夫。

“没救了。不能让他看到酒，一碰酒就发作。没酒喝，他就耍赖，撒泼，家里鸡犬不宁。弄到钱就买酒，立马灌到瓶底朝天，生怕人家抢走。我看透了他，一个钱也不给。他妈不好，三天两头瞒着我，塞点钱给他，他买最便宜的假酒，十块钱一瓶，咕噜咕噜喝光，随即昏迷，倒在地上。真丢人啊！我在上课，镇里派出所来电话，要我马上过去。他躺在马路中间，呕吐出来的臭不可闻，谁敢走近。只有我，替他换衣服，洗干净，再出钱请人抬回家。一次又一次，我怎么活啊？”阿彩没有哭，但那冷漠，厌烦，绝望，只差这一句说出口：还不死掉？

我问阿彩，能不能见生活一面。阿彩犹豫，但答应试试。傍晚，阿彩领着生活进我家。经过老婆“加工”，生活的形象比我想象的好，衣服整洁，脸上没有污垢，但脸色黧黑，可见肝脏已受严重的损害。和我的交情超过三十年的朋友，坐在我身边的带扶手沙发上，我握着他的手，感到他的手在颤抖。我久久凝视他的脸，线条依然不错，可是五官凑不成一个“人”，看到的是被酒精销蚀的骷髅。

“知道我是谁吗？”我问，他没迟疑，小声地说出我的名字。我惊喜地指着我的妻子，问：“她是谁？”他也没说错。我说：“生活啊，你是好人，还有好前途。你的记性还不错嘛！我是不是你的好朋友？”“哦，是啊，我们一起捉鱼，洁慧浜……”他的眼神迷茫，笑起来更像哭。身为“导演”的阿彩最在乎的不是老公能不能怀旧，而是能不能引起我的同情，紧张地盯着生活，本来坐在生活的对面，却挪到他身边，挨得太紧，生活闪开了，可见这对夫妻成陌路人已多年。我拿起生活的手，看到腕上、手背上，来不及洗净的污垢和新旧伤痕，老泪滴下。我直视生活的眼睛，说：“生活啊！我这么远回来，你看在老朋友份上，答应一桩事好不好？”他迟疑着把手抽回，问：“别叫我戒酒。”“就是。不戒，你迟早没命！”阿彩慌忙使劲推他，说呀说呀，答应！生活沉默良久。看模样比实际年龄多了二十岁的阿彩觉得太丢脸，不敢看我。我吼叫：“要不答应，我没有你这个朋友！”他的头终于往下重重地点了两下。“答应了？好！”我松了一口气。阿彩说要回校去，不能多陪，拉他起来。我往阿彩的手里放上两百美元，心里愧疚万分，因家累正重，我无法更多地周济从童年至青年予我无数帮助的朋友。

我站在铺子门前，送夫妻远去。阿彩在街上，用力捶打老公的手，嫌他走得歪歪斜斜。我摇头暗叹。无论生活的誓言还是阿彩的情分，都是靠不住的。我理解阿彩的苦楚，对一个完全没有自制力的酒鬼，无论谁，到最后不可能不失去耐心。

九

1994年，家乡传来消息，生活去世。原因是早已被阿彩预测出来的：喝得烂醉，在街上踉跄而行。一辆大货车经过身边时，他受惊倒下，被后轮碾过上身，就此不治。

生活的父亲“常隆屯”二十世纪八十年代去世。生活的母亲活到九十六岁，晚年受被她宠了一辈子、因傻气娶不到老婆的幺儿三天两头殴打，她甘之如饴，钱照塞。

最后记下具“宿命”意义的细节：生活和阿彩的洞房之夜，在公社党委会会议室的冷板凳上熬过。那一次喜宴，我提前离席，不是下半场的目击者。是一个星期以后，一位参加全程的朋友告诉我的。因为“不体面”，生活从来讳莫如深。

饭菜吃过，到了最后环节——闹洞房。虽然家乡先前有戏弄新娘的陋习，一连三天三夜恶搞，斗山镇浮石村有新娘因不堪受辱而投缳。但七十年代初期，“文革”还没过去，婚礼从简，这“闹”不过要新人唱几首革命歌曲。如果新人从善如流，合唱《大海航行靠舵手》，宾客便作鸟兽散。可是，生活什么都拿得起，唱歌却五音不全。宾客们堵在洞房门口起哄。生活推了推新娘：“你唱吧！”小学教师哪有不会唱歌的？一年级学生都会唱《我爱北京天安门》呢！阿彩偏是犟，任你怎么闹，低头微笑着，不唱就是不唱。一位伴郎高声说：“来，一条就行！”一位爱抬杠的说：“不行，起码三条！”还连同当过兵的宾客，以部队常见的“拉歌”的架势，一起高叫：“三条三条，三条要不要？要！”

生活一家所住的铺子，离公社党委会只有二十米，喧哗在一到晚间就一片寂静的小镇格外聒耳。党委书记给吵得心烦，吩咐办公室一位办事员去看看。办事员走了一趟，回来汇报，说黄生活借婚礼实行“资本主义复辟”，证据是：宾客公然讨香烟，一要就是“三条”。公社党委会在“批林整屯”运动中，不是三令五申，禁止发红包、送礼物吗？“常隆屯”家这么多吃公家饭的，新郎是工人阶级，新娘是公办教师，公然发“三条香烟”！于是，书记派遣两位干部闯进洞房，把新人叫到会议室去。书记以高屋建瓴的姿态，狠狠批判他们“铺张浪费，炫耀有钱”的资产阶级作风。生活辩解，不过是说唱“三条”革命歌曲，何罪之有？原来，台山土话中“歌曲”的量词是“条”而不是普通话的“首”“支”或广州话的“只”。书记在气头上，哪里听得进，非要他们写检讨，次日早晨才放回家。就这样，古人称为人生“四大乐事”之一的“洞房花烛夜”，被“狠批资本主义”学说糟蹋了。

洋鬼子说，好的开始是成功的一半。那么，坏的开始呢？

前“女招待”媚姑

小镇上，媚姑，可是响当当的人物。二十世纪五十年代初，我才四五岁，逢上圩期，祖母一手挽着篾编的“趁圩篮”，一手拉着我，往熙熙攘攘的市集走去，路过媚姑的家门口，总要快几步，把我拖得打踉跄，然后，大义凛然地瞥一眼关着的柚木门板，嘟囔一句：“呸，女招待！”再狠狠地啐口水。有时不巧，看到媚姑倚着门，懒洋洋地抽香烟，祖母却不敢放肆，换了副温和嘴脸，扬声打招呼：“媚姑，吃过没？”语气巴结，一如她在我家开的文具店里头讨好前来买墨盒和描红簿的学生家长。招呼归招呼，她的脚步却不停，怕招惹上什么祸殃，拉着我快走。

不过，祖母并不能完全使得小孩子和媚姑绝缘。我和伙伴射玻璃珠子的地堂，就在媚姑家的旁边。媚姑不时踱过来，一双上了漆、涂上花鸟图案的木屐，拖得“格咯格咯”地响，两旁铺子旋转着回声，一如一只纤手扫过木琴。我跪在地上，用力把一颗珠子射弹出，命中敌方的一颗，得意非凡地站起来。那瞬间，眼前挡着一个穿戴花里胡哨的大人，原来是媚姑，一身水波般柔软的府绸唐衫，这在那个流行士林布斜襟衫和唐裤的年代，可算惊世骇俗。两个指甲长长的指头，老夹一根香烟，更显出格。那时小镇的女人，除了一两个早年丈夫开过店的老板娘，自恃“死猪不怕开水烫”，公然抽烟外，谁有这般胆魄？媚姑的模样并不美，蓬松的头发，脸盘大，颧骨高，嘴巴阔大，可举手投足间老透出一种神秘的气派。

我曾好奇地问爱哼唐诗的祖父：“媚姑，为什么看起来和别人不一样？”祖父没怪我多事，沉吟一会，说：“她嘛，有风尘气。”我毕竟太嫩，没法弄清这词的涵义。不过，我晓得，“女招待”是镇里人较为客气的称法，骨子里的意思是“老举”，即“娼妓”。媚姑怎么卖笑，在哪里卖，怎样卖，这种种，知道底细的人们，例如我的祖母，是不透露的。我从大人的闲谈中，零零星星地听到的是，抗战胜利以后那几年，她在县城专供“金山少”享乐的“金乐”舞厅下海，当过舞女，只是不算红牌，后来迁到这个小镇，粘上开“永兴茶楼”的小开。小开的年纪并不小，我认识他时，已经六十开外，在街上迈八字步，步幅大，但极为迟缓，媚姑有时陪他上圩场，路上走走停停，为的等他，不耐烦了便骂他“老鬼”。

媚姑似乎从来没有过职业，好在她的丈夫，大小算得个资本家，茶楼归了公家后，有不多的定息好拿。两个人凑凑合合地过，相安无事。她丈夫在“大跃进”年间去世，也许是老死的，也许是饿死的。那时街上尽多饿得两腿浮肿、走路打晃的人。从此，媚姑的日子艰难起来。同时，她成了小地方的名人——坏的名人。

事情是这样的：镇里的照相馆有一个摄影师，叫廖如。他的儿子和我在小学同班，是我在郊外虎山“打野战”的搭档，我有时到照相馆去找廖如的儿子玩耍，连带和那当爸的也熟了。“大跃进”过去，廖如的妻子带着儿子到香港去，撂下廖如独自在家。有一回，廖如在街上看到我，说他老婆寄来照片，邀我跟他去看。我想念远去的小伙伴，便跟着他进照相馆去。看过照片，廖如忽然长长叹了口气，说了一句：“有屁用，远水救不了近火。”我听不明白，他也没解释。

不久，镇里传开：廖如和媚姑好上了。在我少年的心目中，这一对般配得很，似乎非这样，小镇里的“风流韵事”不够味道似的。因为廖如除了照相，还是不可多得的粤剧演员，据说他早年在草台班“金玉春”待过，学艺时让大老倌的鸦片烟枪狠狠敲过脑壳，算得科班出身。因此，镇里成立业余粤剧团时，廖如当仁不让地成为集舞台监督、导演、主角于一身的中坚人物。一出《柳毅传书》，他扮才子柳毅，虽然精心化妆后还是尖嘴猴腮，但那台步，那唱功，赢得满堂彩。“戏子多情”，在闾里早成定论，这位风靡四乡的“柳毅”，如果不来上一段缠绵悱恻的恋爱，人们是深感遗憾的，何况他虽有家室，但实际是单身？媚姑呢，既已丧偶，又是“情天恨海”里打过滚的风尘中人，可谓势均力敌。果然，我在街上看到的廖如，脸上再没有晦气，常常露出“浮一大白”的微笑，走路时侧着身子，带过一阵香皂味或者雪花膏味。

然而，他们的罗曼史夹杂着惊心动魄的情节。最教我惊骇的一桩，是公社负责治安和整顿道德人心的“治安保卫委员会”，得悉廖如和媚姑的“奸情”后，不动声色，暗中加强侦察。待到时机成熟，治保会三名干练的干部，深夜挨家挨户查户口，查到媚姑独居的家，趁黑灯瞎火，让一名干部躲进床下，另两名离开。不久，廖如前来幽会。床下的同志在他们“鬼混”得最酣畅的当口，里应外合，开门把在外头守候的两位引入，联手捉奸在床。然后，把奸夫淫妇各各塞进预先准备的大麻袋，拖回治保会的侦讯室。二话没说，各同志抡起扁担往麻袋上凶打。开头麻袋里鬼哭狼嚎，弹跳不休，慢慢，没多少声息了。折腾到天亮，两个人才给放出来。治保会的主任对他们说：“这才是下马威，以后还有得你们受。”

这以后至少一个月，廖如和媚姑都没露面，各自在家里疗伤。廖如怕丢掉国营供销社职工的饭碗，不敢声张。媚姑却豁出去，伤一痊愈，就到治保会前去骂街。躲进床下捉奸的治保员伍同志，被媚姑指为罪魁祸首，挨凶骂最多。有时，媚姑一不做二不休，趁圩期伍同志在街上检查摊贩的牌照，拦住他破口大骂：“衰鬼汤×，你他妈就干净啊？你抓我的奶，你用手插我的×，你他妈的整个衣冠禽兽！”兴起时媚姑干脆解开唐衫的几颗襻扣，高叫：“来呀，敢伸手进麻袋调戏我，现在干吗不来摸老娘的奶呀！”围观的乡人愈来愈多，伍同志气得脸歪到一边，狼狈逃出去。

广东有俗谚：“恶佬怕烂佬，烂佬怕死佬。”意思是：凶狠的怕死缠烂打的，死缠烂打的呢，怕不要命的。媚姑怕什么？她虽是前任“女招待”，但家庭成分是响当当的“贫农”，她没有职业，不怕被开除；除了教道貌岸然的“正人君子”垂涎的“风流”，别无老账可算。上次治保会动用私刑，理亏在先，生怕媚姑向上头告状。所以，伍同志好一阵子不敢惹她，见了躲着走。廖如就没有那福气了，他被指控为“乱搞男女关系”，遭供销社开除。尽管廖如不乏先见之明，在“麻袋事件”发生后，便和在港的妻子办了离婚，反正夫妻分居已超过十年，无论于情于法都站得住脚。

这么一来，媚姑和廖如水到渠成地，结为夫妻。媚姑还是没有职业，照样抽烟，但已从劣等香烟退到抽“大碌竹”。“大碌竹”，即广东乡下常见的水烟筒，这男人的专用品，她也敢沾手，也可见她的江湖气未消。廖如自谋生计，有时到四乡的村子去，教业余文艺宣传队的演员唱新粤曲《毛主席著作闪金光》，赚点见不得光的“车马费”。后来，被治保会发现，禁止各村任用这“道德败坏分子”当师傅，他只好进山打柴烧炭。

两口子的日子苦，不在话下。开头媚姑不怎么在乎，也许，这时她终于找到了爱情。两口子为了省用度，搬到一条小巷里的小屋。我家的后门，也开向这小巷。我到河里挑水，路过他们的家门口，总见里头黑洞洞的。我向她打招呼，问“吃了没？”媚姑少气没力地说：“唉，廖如进山好几天，该回来了，却不见人，急死我了！”

有一回，我在家里的阳台上看风景，眼皮下的小巷，忽然传来妇女的吱喳声，低头看，是祖母、媚姑，还有1949年前开饼店的黄三婶。祖母从前看不起媚姑，从没交往。可是，自从我家遭遇“传单事件”，两位年龄相差颇远、背景悬殊的女人的关系发生了戏剧性变化。祖母对敢于在大街上修理伍同志的媚姑极表钦佩，加上远亲不如近邻，两人亲密得不得了。黄三婶呢，是碰巧来串门的。我细听，她们的话题是生孩子。那时的媚姑，怕近四十了吧？自从有了名分，便打算和廖如生一个。祖母以权威的口吻献计：“鲤鱼煲生姜，有效！每三天让廖如吃一次；还有，得在经期中间办那事……”黄三婶说：“阿荣老婆说，她结婚十年肚子没动静，全凭一条方子，怀了三胎，听着：刚生下来、眼睛没张开的小狗，要黑毛的，拿来炖乌豆，包行！”媚姑眯眼听着，神往之态，动人极了。我凭少年的眼睛，也看出，她的心荡漾着怎样的柔情，对当母亲何等向往！然而我暗里嘲笑这些女人的愚昧，即便是我这般幼稚的年纪，也晓得，早年当过妓女，到了这个岁数，生殖能力堪忧。也许祖母和黄三婶是假戏真做，安慰安慰无后的朋友。

然后是“文革”，两个挣扎在底层的小人物倒没受太多的磨难，廖如照样打柴，媚姑照样抽“大碌竹”。从县城中学到小镇来“破四旧”的红卫兵，竟然漏过媚姑这四乡闻名的“旧社会污泥浊水”，没抓她去挂牌游街，也许仅仅因为她以“豁得出去”闻名，“地头蛇”怕她挨斗后撒泼不休，不敢把她列上名单。

1968年秋，我这“造反派”终于离开了县城的中学，回到镇里当无业游民。于是，也有迫在眉睫的生计问题。一天晚上，我到媚姑家串门，向打柴专家廖如求教。他们的家，照例黑洞洞的，只见线香上的一粒红，那是媚姑在抽大碌竹。廖如娓娓地向我说，要吃“山”这碗黄连饭，首先装备要好：鞋，该买汽车轮胎做的厚“皮底”；扁担，买下堂村阿柄削的那种，韧性好，虽然贵点。当然啰，进山烧炭，睡山洞，要个伴，挑百来斤的担子攀陡坡，吃得消不？这样吧，头一两回，我带你，你肯捱就行。言下有着极为深沉的凄凉，我听了想流泪。媚姑在旁，没插话。廖如高声说：“我就这命，累死为止，你还年轻，可不要当我这样的笨七！”话里有话，我还没来得及细品，媚姑已跳脚开骂。我识相地溜走。

回家路上，我想起祖母多次不无忧虑地提起，他们两口，近来常常吵架，说来说去，就为了钱。没钱买米时吵，没钱买菜买酱油时吵。媚姑连“生切烟丝”也买不起，厚着脸皮向别人讨。唉，身板本来就单薄，当了小半辈子摄影师的廖如，怎么能长久靠进山为生呢？看得出来，这为了爱而吃尽苦头的一对，经不住这么多年极度贫困的扑打，小巢摇摇欲坠了。

有一回，镇里的居民下乡支援秋收，我和媚姑在一组。同去的，还有竹器社一位师傅。这师傅是外县人，年近五十，平日流里流气的，遇上风韵犹存的媚姑，更来了邪劲。师傅一边割稻子一边向媚姑说荤笑话。媚姑露出过来人的本色，应付裕如。我在旁听了光顾笑。他俩说着说着，倒是入港了。师傅带着淫猥的口吻问：“阿媚，我跟你睡，怎么样？”那是试探，也是揩油，媚姑一点也不恼，甩过去一个媚眼，说：“有钱吗？那好商量，洗干净身子来吧！”“廖如呢？”“管他呢！他养不起我。”我暗说，说着玩吧？要动真，廖如就白吃苦了。

至于媚姑是否“动真”，我没来得及查证，我和弟弟回原籍种地去。这时却听说，媚姑和廖如也在下放之列；可是两人各奔一方，正应了古话“夫妻本是同林鸟，大难来时各自飞”。

我下乡后，趁每五天一次的圩期，进小镇来逛逛。有一次，在圩场里邂逅媚姑，使我惊讶不置的，是她一身光鲜的港式“的确良”，一脸心满意足的笑。我向她打招呼，她喜滋滋地卷起左衣袖，让我看一个簇新的“梅花”牌大三针手表，虽然是男用款式，但在闭塞穷困的六十年代末，单是这价值在三百块人民币以上的玩意，就足以唬遍全圩场男女老少。我们这些知青，在村里穷得叮当响，逛圩场也蓬头垢面，裤管一边高一边低，人不人，鬼不鬼的，就这位前“女招待”下乡拣上大便宜。“喔，发财啦？”我问。媚姑语气平淡地说：“发个屁，一个香港回来的老家伙找上门，我嫁给他，要不，不冻死也得饿死。”说罢，她掏出一包“丰收牌”香烟，递给我一根，再以早年舞小姐的利落和殷勤，“咔嚓”，打亮打火机，给我点烟。我谢过，看看她的脸，厚脂粉掩不住的，不是细密的皱纹，而是我从儿时就注意到的“与众不同”，忽地，我傻乎乎地笑起来。她徐徐吐出一个烟圈，问：“笑什么？吃错药啦？”我摇摇头，然后匆匆告辞。我为什么笑呢？想到从前祖父说的“风尘味”，这阵子似乎悟它的涵义，那是历尽人世苍凉才有的丰富。不是吗？她的生活体验，转了一辈子锅台的乡村妇女怎么比？

离开圩场时，我后悔没问她的前夫廖如现在怎样，他是教授过我“进山经”的苦难人。问也不会有结果，媚姑离开他以后，彻底断绝来往了。

六年级的班主任

从1958年公社化开始，学生对书本的熟悉便远远不如对笠帽和锄头。进入1960年，学校接到上头的命令，要狠抓教育质量，不能老搞“与生产劳动相结合”，于是，整整一个学期豁免劳动，每天关在课室里上课，补习，晚上拿着用墨水瓶做的灯盏，回学校来补习。毕业试和升学试就在半年以后，作为全公社一面旗帜的中心小学毕业班，谁来掌舵？

于是来了班主任陈敏思老师，他二十七岁，中等个子，相貌堂堂。肩不宽，但呈一字形，穿上中山装，肩线一衬，丰仪尽出。爱穿米黄色套装，加上一双粉刷得雪白的便鞋，在黑板前潇洒地写下方正而飞动的课文题目，背着手，徐徐踱起步子，朗声讲解课文，举手投足让我想起《青春之歌》里的大学生余永泽，读书人才有的儒雅和从容。看多了我还想：幸亏他来晚了，没赶得上带“高年班”上山用鸡公车运矿石，游击队似地在山头上种油茶，那种粗活，他自己兴许能对付，可是，怎么管满山撒野屎的大群孩子？

陈老师的名声，进校之初我们已经听到，“学问好”，是家长一致的赞语。学生们则悄悄传说他的“厉害”，尽管他很少骂人。课堂里一站，再调皮的也不敢放肆。一位同学，不久前上课捣蛋，被新来的女老师逐出教室，他赖着不走，老师看他个子小，要强行拖出，顽皮鬼居然使出抓胸部的毒招。刚近二十岁的女老师吃了亏不敢说，哇哇哭着走了。这混世魔王上陈老师的课，连趴在桌上打瞌睡也不敢。

听口音，陈老师不是本地人，很快打听出，他家乡在五六十公里外的都斛公社。他没有自行车，不能常回家，何况，凭着理想主义的热忱，能回也不回，一门心思扑在学生的学习上。在我的小学生时代，语文课上出激情的只有他。他讲课本上的唐诗：“半夜呼儿趁晓耕，羸牛无力渐艰行。时人不识农家苦，将谓田中谷自生。”短短四句，发挥完它的“思想性”和“写作特点”以后，说：“这首《农家》，作者颜仁郁，在唐诗这个灿烂无比的星空上，仅算一颗小星。大诗人数起来一大串：李白、杜甫、白居易……不说了，你们还小，以后才领会得到。我们还是回到课文去。”他低头看了看课本，摇了一下头，目光经过镜片的折射，格外明亮，腹笥被激情调动起来，再也憋不住，拍拍讲坛，背诵杜甫的《兵车行》：“车辚辚，马萧萧，行人弓箭各在腰……”滴水不漏。课堂上鸦雀无声，孩子们并没听懂一句，可是被迷住了。他的诵法不同于我的祖父，老人家半夜睡不着就背唐诗，那是古式的吟唱，平声字拉长，尾音力求摇曳，苍凉缠绵，闻之欲泪。陈老师将现代朗诵和古式吟唱熔为一炉，加进表演的成分。诵到“牵衣顿足拦道哭”，泪水堆在镜片后。念完一首，大家一起“哗”了一声。陈老师正在兴头上，说：“古诗，必须下功夫死背，哦，气象万千的艺术天地，让人流连忘返！”他一改刚才节奏促逼的愤慨，曼声吟哦李白的“床前明月光”，意思显浅，我倒是听懂了，沉浸在“低头思故乡”的悠远境界里。下课铃响了，陈老师的表演也告结束。他的脸通红，细汗布满额头。收起备课簿，走出课堂，大家竟不像往日那般，趁课间的十分钟到走廊去嬉闹，静静地坐着。

他爱文学之外，还爱学生。有一回，陈老师在台上提问：“饱经风霜是什么意思？”那年代的学生不习惯举手，傻头傻脑的阿伟却把手举得高高。陈老师要他发言。他响亮地回答：“意思就是：吃饱饭去拉风箱。”台下顿时炸窝，大家笑出了眼泪，阿伟惊愕地扫视，不晓得大伙笑什么。在食堂吃饱了饭，不是去小高炉群那里拉风箱吗？陈老师没笑，也没责备，先表扬阿伟积极发言，再让别的同学解释一次。下了课，才找阿伟谈话。

即使在那个幼稚的年龄，我也晓得，陈老师的怀抱，和小学生的距离太大，只好像龚自珍所叹息的那般：

“珊瑚击碎有谁听？”那是饿得眼睛发绿的年代，“瓜菜代”、土茯苓和蕉树头填入少年的肠胃，良莠并存的文字塞进初谙世情的心灵。好在，我在课堂，能对陈老师匠心独运的发挥，报以会心的点头和吃吃的笑。作文也常常“贴堂”。

陈老师器重我。可惜，我虽然在圩镇长大，不像乡村孩子那么放肆，也断不了调皮。端午节近时，我跟着同班的许新焕，钻进树林里用粽子粘知了，玩过了头，赶回学校时，语文课已经上了一半。我俩气喘吁吁地坐下，陈老师没说什么，从眼镜片透出的凌厉目光却教我抬不起头。过几天，新焕这爬树捉鱼打架无所不精、功课却一律“鸦鸦乌”的捣蛋鬼，不会写陈老师布置的作文，以一个弹弓的代价，央求我捉刀作《记一个星期天》，我照办了。到了作文评讲课，陈老师把作文簿发还给新焕，上面是破天荒的4分（5分为满分），新焕喜滋滋地上讲坛前领回本子，转身要离开，陈老师说：“慢着，是你写的？”新焕捏着衣角，头动了动，作了“介乎两可之间”的姿势。陈老师没看他，却盯着远处座位上的我。我慌忙低下头，装作往书包里掏铅笔。

七月初，升学考试到了，复习极为紧张。教育荒毁了两年后，这是各小学之间一次激烈的竞争。星期天学生都回校上课，晚上下了自修课，学生们捧着墨水瓶做的油灯回家，一点点红光连缀在田垌间的路上，煞是好看。回想不久前轰轰烈烈的“大跃进”，火花飞溅的炼钢炉前，在把深处的白瓷泥翻作地皮的大田上，不难看到亮如白昼的汽灯群。然而小学生们小不点的灯，不复是大人们的瞎折腾，这是向文化殿堂朝拜的香火。领头人，是陈老师和他的同行。

一天放学后，外面下大雨，我和一位同学躲在教务处外头的屋檐下。陈老师和教六甲班的余老师在里头高谈阔论，我听得清楚。他们谈的是刚刚结束的全公社统考，说到算术科的情况，从全体说下来，提到我的名字。我蓦地一惊，竖起耳朵。陈老师愤愤地说：“骄傲害的，这小子恃着一点小聪明，不看清题目就演算，简单的四则也出错，真是！”他狠狠地敲着桌面，吓得我猛一缩头，羞红着脸，冒雨逃走了。次日，他找我谈话，没发火，只轻轻地讲了一个“骄傲必败”的故事，抚着我的肩膀，叮嘱我总结统测失手的教训。我噙着泪水，连连点头。

我的升学考试，没有辜负老师的期望——考上了全县最好的一中，全校唯一的。在进入一中的新生中，成绩属中上，语文拿了86分，优于算术。不过作文卷实际上是陈老师做的。复习期间他写了两篇范文，题目是《记有意义的一天》和《我所敬爱的人》。以方正而飞动的行书，抄在半面黑板大的纸上，挂在课室一侧。碰巧所考的作文题，和第一篇范文类似，我便把陈老师的作品照搬。幸亏同窗们都没我记得全，不然，作文卷闹双胞乃至多胞，一定被改卷员疑为夹带。

这样的剽窃，毕竟是耻辱。好在，我进了一中后，第一篇全出诸我手的作文，为陈老师争了气。作文本发回来时，科任梁老师也像陈老师那次逼问许新焕一般，把我叫到讲坛前，一板一眼地问：“这篇，是你自己写的？”我不假思索地点了点头。“那好。”梁老师放心地挥挥手，叫我回座位去，然后，清清柔软而威严的嗓门，宣布：“现在，我请×××同学，把他的作文朗诵一遍。同学们，我要让你们知道，什么叫作佳作。”我涨红着脸，以拙直的正宗水步乡音，凭变声期前的童嗓“发表”少作。这微不足道的“文名”被前来听课的水步中学的老师传回母校，陈老师当然听到了。

在生命的链条中，他是广施的春雨，我是侥幸受到灌溉的幼苗。

发小阿木

世本街是主要街道中华路的“后街”，它和解放路平行，但长度只有前者一半，余下的一半，因解放路的铺子突然加长，兼以河道拐弯，占了地方，被腰斩了。据说在这里建铺子的第一个人叫世本，故名。世本街呈东西向，东接中华路。我们小时候，它的入口较宽，二十世纪六十年代起供销社扩建百货公司，占了入口的大部分空地，只留不足两米的过道。从此，世本街成为“巷”。世本街北侧的一列铺子至少两层高，其正面向着大街解放路。向这一面的，都是后门。

从中学时代起，直到下乡当知青之前，即从1960年到1968年，世本街是我的神往之地，极端而言，水步圩如果可恋，只因为有世本街。

世本街南侧的一排铺子，只一层高，后门一律开向横水河。从东数起，第三栋，住着阿木和他的父母、弟妹。木是我此生友情最为绵长的发小，情同手足逾半个世纪。从前，木的父母开豆腐小作坊。父亲刘欢，人称“豆腐

水步圩老街

欢”。公私合营以后上调到县城的副食品公司。1964年，因出差时和同事一起花了公家一两块钱的细故，被戴上贪污的大帽子，丢了饭碗。回到世本街，没了活路，靠上山打柴为生。木的母亲瘦弱多病，但性情极好，纯真如孩子，笑起来带点羞涩。七十年代，木一家也因战备疏散，被遣回位于雷公岭脚下的村庄，木的母亲患了几乎送命的风湿病，四肢蜷曲，无法下床，却没钱延医。天性倔强的父亲天天扛着小锄头，去深山挖草药，把她救回。说来尽够讽刺，木的家境远不如我家，但我去他家蹭饭最多。

木比我大几个月，小学同班，上不同的中学。他念完初中，就因家贫，连报考高中的念头也没有。十五六岁，去镇上的单车搬运站当挑水工，月薪十八块，每天要走十多个来回，去横水河挑水，供应数十名天天汗流浃背地用单车载客运货的工友。他个子比老爸和弟弟都矮，可能是那根扁担加工的结果。木当了一年苦力以后，被招进专区的技工学校，毕业后进国营柴油机厂当铸工。

上小学起，我和木就被他母亲笑作“糖粘豆”。暑假一起去捉鱼，顶着大暑天的高温，堵上田野旁的小浜，才用戽斗把水舀去一半，鳅鱼便全露头。干脆用小桶那么一兜，全是泼喇地蹦的鱼儿。原来，躲在水田里的鱼，熬不了酷热，都聚集到浜里来了。可算童年最为壮美的“优胜记略”。

木的家，连像样的家具也没一件，厅里除了几张木凳，只有一铺木板床。我和他不管白天黑夜，在床上或坐或卧，谈天说地。友情的巍巍巨厦，全以言辞为砖筑成。木简直算得“谈天圣手”。早年读过屠格涅夫的名著《罗亭》，主人公罗亭，是一个没落贵族，特长全在能说，以流流无碍的口才颠倒众生，且看书中的段落：

……他用粗健的笔触描了一个范围广泛内涵复杂的略图。大家都非常注意地听他。他谈吐风生，娓娓动听，意义不十分清楚，但是这点不大清楚的地方，却替他的语句增添了一种特殊的魅力。

罗亭思想之丰盛使他不能有条有理准确地表现自己。一番幻想过后又是幻想，一个比喻后又是一个比喻……一会儿惊人地大胆，一会儿又异常写实。这不是练习有素的演说家的可喜的努力的结果，而是按捺不住的随兴所之灵感的嘘息。他并没有思索字句；字句是自发地流到唇边，每一个字都像从他的灵魂深处迸涌出来，燃烧着信仰的热火。罗亭最大的秘藏——音乐般的口才。他知道怎样去拨一条心的弦而使一切的人都莫名所以地颤动着共鸣着……

如果说，这世界上，谈话予人的，不但是心灵上，也是感官上的快感，那么，木这位二十世纪七十年代的国产“罗亭”，可算是我青春时代最为丰沛的快乐之泉。我们并排躺在木板床上，不理会蚊阵的围困，他在复述一个从澳门绿邨商业电台听来的广播剧。忽而扮成龙钟老翁，忽而变为妙龄女郎；一会儿大亨，一会儿“十四K”师爷。情场商场，人性兽性，悲欢离合，都从灿如莲花的妙舌中涌出，他是我独家拥有的“讲古佬”。

罗亭像

天晓得他怎么有这么多故事？单是他的工厂的，从一位贵州籍技术员的照相术、七弦琴与恋爱的关系，到同一车间的“公鸡”“咸胜”和“猪公”的相貌脾性，如此生动入微，使得我在见面之前，就对他们相当熟悉，及至进了厂，不必介绍就几乎能一一指认。

我当年的日记，保存了木对我说的话。那时，我在乡村小学当民办教师，闲时狂热地作诗。我的偶像，是德国的海涅和歌德、俄国的普希金。忧伤，是杂七杂八地从郭沫若早期诗集《星空》《瓶》抄的。从何其芳的《预言》，我搬来用绮丽词句编织的忧郁。木因口才和笔头都出众，被调进厂部政工组当“以工代干”的文书，有时从五十公里外的江城回来看望父母。

木回来了，我多高兴啊！他是一个少有的天才。狄德罗说天才的主要特征，就是观察的精神。“我说的观察精神，不用费力气，不用专心致志就能进行；它决不注视，然而看见，受教。不经研习就往开里扩展，它不注意当前的现象，现象的隐去使它感动；它在这里留下来的，是别人没有的一种感觉：这是一种稀奇的机器。”他能在琐屑的小事中发现新的东西，在任何严肃的事情上攫取到滑稽而隽永的笑话。他有非凡的描摹和创造能力，说过的每一件事都深深地打动你，或使你捧腹，或使你浮想联翩。他的直观本领超过抽象本领，形象思维强于抽象思维，感情胜于理智，可以名之为契诃夫式的“慧眼”。

（1971年8月2日日记）

两天后，他到我的村里来。入夜时分，一起踏月到小河边洗澡。然后，在禾塘旁，每人占据一张藤椅，抽烟，聊天，直到凌晨四点多。那一夜，他很凶地克我，整得我痛苦不堪。那是月圆之夜，月在重云间徘徊，蛙声格外嘹亮，四处的稻田都栽上了新秧，月光下一汪汪褐绿色。

你离开了人，你不研究他们，不爱生活，致命伤啊！你哪儿都不愿走走，只是在狭小的天地里嚼着个人的哀愁。所以总是缺乏热情，缺乏扎实的东西。雾啊，晨钟啊，总是淡。其实你没有真切的感受，只对着窗子臆想。你在雾里走过没有？看清楚雾里的生命有什么独特的活动、姿态、色彩吗？你有没有在晨钟敲响时走到山顶去？你的诗，开头是动人的，愈到后来愈淡，你爱的是飘渺、朦胧、幻梦，多恶心！写的忧伤为什么打动不了人呢？就因为没有深切的感受。

你太矜于读过的那么几本书，像中学生那般爱花俏的文字，美丽的句子，功夫用过头了。你写过黑夜的恐怖，那算得什么嘛！有时我在梦中惊醒，迷迷糊糊的，觉得手脚都不是自己的，叫一声自己的名字，不敢应，动弹不得，魂儿不在身上，周围的人仿佛死光了，黑夜死命地压着身上，压在心脏上。这个境界你写得出来吗？

我不是作家，但是我对人总是抱着最大的兴趣。最讨厌的，我也要和他打交道，亲热亲热，好研究一番：为什么他惹我烦？其实，这是无意识中提炼典型的工作。我的脑子里尽是活生生的人，对于人，我不保存没有价值的记忆，只有那些最富于特征的细节嵌在脑子里。我常常发疯似地，有一种钻进人堆里去的冲动，听他们啰唆、吵闹、抬杠。最无聊的，我也出神地听。那些有意思的话会蓦地爆出火花，我的心随之战栗。

我的厂子里，工人各有不同。铸工活重，所以感情粗犷，常常吵架，马上又和好了，不会存芥蒂。他们还很利落，爽朗，吃饭铃一响，就往饭堂跑，一色黑工装，像老鸦群在飞。车工呢，活儿细巧，劳动量小，文雅一些，爱在背后喊喊喳喳地议论人，闹点小意见十天半月不理睬。我的同事阿伦，你也认识。老实疙瘩，别的不爱，就爱买东西，一毛钱蜜糖啦，臭丸啦，咸虾啦，买来就放进家里搬来的大柜子里。那包大前门香烟也在里头，遇到高兴事，才偷偷抽出一枝来。我揣想：这家伙，不爱说笑，不爱唱歌，像个老头，保准就是这个柜子作的怪。他一想到女人，大概也是要把她锁进柜子去。最近，他似乎谈上恋爱了，天知道对象是谁？我总觉得他这么鬼鬼祟祟，和这个家里搬来的杉木柜子大有关系。

不要老待在小房子里了。大串联那阵你连北京也没去，多可惜！你的作品，只会让欠缺训练而渴望作出好看文字的小妞感兴趣。我是不喜欢的，我喜欢实在。如果我和你调一下，你把文字功夫给我一半，我把对人的观察力给你一半，就两得其所了。我认识不多的字就行，我要的是深刻的观察。弄文学的人，离开人也能写，真离奇。我可是想什么都扯上人，看到月亮，也想想它是姑娘还是小伙子。没有了人之常情，不就是傻子吗？

（1971年8月5日日记）

一次月下聊天，就是六个小时。自然，日记太文绉绉，当时，他也好我也好，一定夹上许多“妈的”，许多即兴的谐谑，许多对世途的叹息，许多毫无拘束的争辩。我大概也没执弟子礼，并非一味恭听。其间，也对骂，也唱歌，说累了，也在禾塘上翻筋斗。他说话时，爱一会儿普通话，一会儿广州话，一会儿家乡话，还摹拟各种偏僻地方滑稽的方言，各种人物的独特口吻，各种逼真的小动作，手之舞之足之蹈之。此生之中最为酣畅最为难忘的笑声，也一定此起彼落地在村野的蟋蟀声和苦楝树叶子的簌簌声中飘荡。刻骨铭心的心之拥抱，青春血脉最美妙，最和谐的交流，我的日记何曾录下万一？日记之所以没有记录当时的情景，一来是忙于反省——某一天日记的末尾供称：“木把我以前的一切剥光了，我成了穷光蛋。”二来是无能为力。文豪屠格涅夫在《罗亭》一书中，一般都避免直接引述罗亭的话，转而通过听众的反应，现场的气氛，烘云托月，凸现出一张嘴巴所向披靡的魅力。作者是明智的，他知道，精彩绝伦的口头叙述，即兴式的趣味，毫不着意却窥得天机的譬喻，浓烈之极的生命之醇酒，从庸常日子的绿枝上采集的活色生香，是无能捕捉到纸上的。

最后一次走进世本街的阿木家，是1992年一个春雨绵绵的日子。我从彼岸归来，明知木不在家，也去了，为的是看望从前待我无比亲切的老人家。木的父母都已七十多岁，坐在地面湿漉漉的大厅，和我谈了一会家常。过后不几年，他们同一年去世。

“剪毛佬”强哥

中等个子，偏胖。长脸，鼻头多肉，耳垂大得抢眼，嘴唇比一般人弯，笑起来一点也不费事。正面看，他微笑时像庙里的观世音塑像。这就是小镇的名人——刘方强。男女老少都叫他强哥。他的面影留存在记忆，论长久，似仅次于家里的亲人。他的年龄，该比我父亲少三四岁。强哥的儿女五个，年龄与我父母的孩子相仿。他的大女儿比我大一岁。强哥一家住后街一栋铺子，铺尾开向田峒。铺子旁边空下一个铺位，长满荒草，“大跃进”后建了一座简陋的公厕。公厕旁边有小路通向田间。我小时候，勤劳的祖母扛着锄头，循这被有刺灌木围拥的小路，去农民闲置的冬田起垄种菜。我是跟班，挑着两箩垃圾肥。

经过强哥家的铺尾，常常听到“强哥，强哥”的叫声，发自强嫂。那是极封闭的二十世纪五十年代，老婆称老公，流行的是“××他爸”，简练的是“喂”，老一点的叫“老鬼”。年轻人称呼情侣、配偶，也不敢公开叫“哥哥妹妹”，儿女成群的强嫂却独树一帜。她个子高大，皮肤细嫩，动作粗鲁，说话娇气，放在今天，就是“傻白甜”。她对老公的崇拜是露骨的。“大跃进”年代，她加入由镇里吃国家粮的女性居民组成的蔬菜组，遇到任何问题，比如：领导在大会上逐个问今晚“圩顶”的小高炉群加夜班，去不去；卖给组员的廉价萝卜，你要几斤；她的回答从来是：“先问问我强哥。”那时没有电话，她的划一反应往往惹恼上司。所以，组长或镇长有事找她，必有第二句：“又要回家问强哥是吗？来不及了，不要怪我们不给你面子。”

镇里的头面人物并不想开罪强哥夫妇。不为什么，强哥是理发店里的“剪毛佬”，属供销合作社的职工。他每天上班之余，不像别人一样回家，大男人，家务是不沾手的，这也是强嫂崇拜他的理由之一——不婆婆妈妈。他爱在镇委会走动，主动参与公家的活动，被少见多怪的小市民讥为“爱出风头”。然而，正如强嫂在蔬菜组听到女人议论自己的男人，语气欠崇敬时的反诘：谁叫你家老公不是“靓仔”！是的，强哥相貌颇有看头，据说全镇一千多号男人中，排列第三。第一是廖如，他从前是戏班的，1949年后在供销社摄影门市部打工，业余演戏，《偷祭潇湘馆》里扮贾宝玉迷死人，可惜已过五十岁。第二名还是演戏的，叫真权，是廖如的接班人，拿手戏是《柳毅传书》，扮侠义书生。强嫂不予承认，理由是：他们是扮出来的，卸了妆才好和我强哥比。

强哥另一特别处，是爱作弄人，镇里居民，但凡行迹或模样与众人不同的，都逃不出他的编派。老姑娘阿月，矮胖肤黑，被强哥称作“石灰仓主任”。知情人明白诨号含着故事——一次，镇里居民去乡村支援，大家在抢割稻子，阿月在田里低下头，用草帽遮挡，拿出粉扑往汗水沾污的脸上补粉，补得太多，仿佛刚刚从石灰仓钻出来。一位以骂街出名的老太太，被强哥尊称为“小白鸽”，暗指她每次吃花生米，唇角必爆出白色浆状物，活像鸽子的喙。因小偷小摸被抓进公社治保会喂了两夜蚊子的年轻人，被他称为“斩头鬼”。喝醉了在街上乱窜的驼背老久是“发瘟鸡”。镇上各色人等的绰号，大半出于他。

因爱给人起外号，他吃过亏。那是公社化高潮期间，镇里开了集体食堂。不到一个月，厨房的食用油频频失窃。此时，正好来了“大鸣大放”运动，有人在食堂贴了一张大字报，揭发炊事员阿用，“每天偷偷扒小艇运油”。阿用患过小儿麻痹症，右腿有点瘸，岭南土语讥这种残疾为“陆地行舟”。阿用不承认，闹到公社去。大字报是谁写的？大家都说是强哥。强哥矢口否认，大家翘着手看他气急败坏的样子，不予支持。强哥气起来，挽起左腿的裤腿：“你们看，我的腿也不好，我非要出自己的丑不成？”这一反击确实有力。大家噤声。

强哥的腿疾是如何落下的？镇里一个当过巫婆的女人说，强哥的父亲是巫师，强哥和哥哥少年时都随父亲学

横贯水步圩的横水河

法术。哥哥因急病早逝。强哥娶强嫂时，父母已双亡。如依古训，强哥要先替哥哥把“冥婚”办了，才好举行婚礼。但强哥不信邪，依仗自己掌握驱鬼术，父亲作法时所用的符箓、宝剑都继承下来，不怕还是单身的哥哥在阴间捣乱。举行婚礼那天，新娘子在傧相拥戴下，进入洞房，坐在婚床边。新郎官进门，要给新娘子揭开面纱。不料脚刚踏过门槛就摔倒。知道是哥哥阻挠。一气之下，让婚礼暂停。换上带阴阳鱼的黄道袍，手持木剑，在洞房作法驱鬼，口喷法水，念念有词。哥哥知自己难敌弟弟，悄悄逃遁。新郎官在这个场合露了一手，自然得意。躺在床上脚却疼起来，一看，刚才一跤，摔坏了膝盖，表面凹凸，形状难看，原来哥哥一开始就给了颜色他看。

提起强哥的残疾，男人们突然想起，大热天强哥即使上身裸露，却永远不离长裤子，出门不穿短裤，更不必说下河游泳。然而，1960年夏天，我头一次看到强哥靠近横水河。横水河从小镇中心穿过，六、七月洪涝来了，镇里的男性，无论大人小孩都在河里玩。这一年场面比不得往年，因为大饥荒的缘故。街上所见，许多行人都患了水肿，走路打晃。吃商品粮的小镇居民好些，每人每月有二十多斤带虫子的糙米。是故河里不乏放了暑假没处消遣的小孩子，其中有我。

强哥蹑手蹑脚地走下花岗岩砌的埠头。眼睛迸射晶光，一似猛兽看到猎物，顺着他的视线看过去，桥墩下的高处搁着一只死猫。他定神看它一会，又四周扫视。确定没人注意，悄悄叫我过去："能不能把那东西……""什么东西？"我装糊涂。他指了指死猫。"拿来干嘛？""小孩子，别问那么多。去还是不去？"我说好好，拿起一根篱竹，把死猫挑起，放在埠头。强哥弯腰捡起，按了按猫的肚子，说，嗯，加点杞子、北芪、防党，炖一窝……我坐在埠头，仰头看他，英俊健壮的强哥，什么时候变得如此颓唐？露出青筋的手拎起斑白的猫尾巴，走了。

强哥在小镇，虽然容貌只排第三，但他在小镇的当代史上，创下了一个"第一"。那是1967年夏天，"文革"掀起"破四旧"的狂潮。在县城上师范学校的一群红卫兵打红旗、戴红袖章，开到距离县城九公里的小镇，雄赳赳地在大街上走。经过桥头时，看到临河一栋楼宇的三楼阳台，水泥做的镂空栏杆，那形状像篆书的“寿”字。头头咬定，这就是四旧！于是，噔噔上楼，在阳台上，用借来的大锤加自己的脚，把栏杆推倒。栏杆内部的钢筋连着阳台，一排“寿”字倒挂在阳台外。街上挤满了看热闹的闲人。强哥也在，他说了一句：“哎呀，栏杆没了，人摔下来不得了啊！”似乎是自言自语。然而，站在他后面的，是师范学校的红卫兵头头。他虽混在人群中，但掌控全局。他听到了，一把抓住强哥胸前的衣服，怒吼：“战友们，我抓了一个现行反革命！”

在阳台上高举语录本庆祝胜利的红卫兵，俯瞰人群，看到头头和某人推撞，知道有了新的敌情，一起冲下来。在头头的指挥下，他们押着强哥，在桥头举行大批判。强哥胸前挂的硬纸板，是一位红卫兵在就近的百货店拿一个纸盒做的，上书“打倒破坏文革反革命分子刘方强”，墨汁从笔画流下，仿佛鲜血。可怜的强嫂，刚才在家，把一碗汤端给强哥，回头进厨房拿别的食物。强哥听到锣鼓和口号，甩下一句：“看看就回来。”出去了。强哥三个小时以后回到家，衣服被撕扯成布条，脸颊肿了。强哥的脚更瘸了。强嫂一边替他换衣服一边哭。强哥强笑着说，只挨了几巴掌，内脏没受伤。

强哥白长了一双长寿的耳朵，“文革”未完就被心梗收拾了。

小镇最后的朋友

1968年8月，我离开待了八年的中学，回到小镇。第一件事是向小镇的最高领导——水步镇大队大队长王耀报到。王耀是阳江人，论出身，他可是最“响当当”的——本来是乞丐，随着爸爸流落到水步，那是临近解放的1949年初，幸亏这里的商户不乏悲天悯人之辈，没有赶他们走，反而让他们在一个骑楼下用葵叶搭一个帐篷，安顿下来。父子俩一边乞讨，一边给好心的商户当搬运工，赚点小钱。一天天熬过来。工商联成立以后，给王耀的爸爸一份工作，圩期结束以后，打扫农贸市场。薪水虽然微薄，但吃饭有了着落，王耀被送进中心小学上学，他已超过十五岁，上一年级，比同学的岁数多上一倍，他感到不好意思，便退了学。从此，识字有限，成了他最明显的弱项。即使出于培养无产阶级接班人的需要，最在乎阶级路线的二十世纪六十年代初期，这位苦大仇深的人物，“累官”到镇的第一把手便到顶。那时，不兴腐败，他月薪18元，要养活老婆和两个孩子，可算吃力。他那盛着生切烟丝的生了锈的铁盒子，哪一位烟民都不敢讨一撮，若然，他必定正色地训斥："老瘾要买，嫩瘾要戒！"

镇大队部设在解放路，解放路和中华路相交，离永益隆正门不过三五十步，但正门已归供销社所开的茶楼，我得从小巷绕出。严格说来，那不算铺子，从前的货栈改成的简陋平房，地面连水泥也没铺上。好在，年深日久的泥地黑乎乎的，足够结实。镇里新开了一个竹篮厂，以便给女青年提供就业岗位，厂房就设在它的后进。

王耀坐在办公桌后的椅子上，以丑陋的钢笔字为我开了入户证明，盖了印，让我去粮管所办登记，取供粮簿，每月买29斤大米。我鼓足勇气问王耀，我们这些从学校回来的，将来有没有工作的机会？王耀使劲眨眨睫毛比美女还长的大眼，鼻子耸了几下，没有回答。

"先当丈街委员吧！"旁边有个坐在矮凳抽"大碌竹"的年轻人抬起头，顽皮地看我，代替大队长王耀回答。

我斜眼看了看，他年龄和我相仿，个头中等，一头浓密的黑发，在额头前波浪般起伏，长脸，浓眉，高鼻，适中的嘴巴，笑时微微露出虎牙。皮肤偏黑，可见不是娇生惯养之辈。此人从来没见过，该不是和我一样，从学校回来的。上中学这些年，每年寒暑假乃至农忙假我都在镇上，中学生我都见过，认识，多数叫得出名字。

王耀侧头看了看发言者，没来由地说了一句："荣炽啊，你就别光顾丈街了，看看膳费表吧！”说罢指了指墙壁上用图钉固定的一张表格。

我瞟了表格一眼，“荣炽”名下的数目字用红笔注着：欠3.66元。荣炽潇洒地应答：“大队长，你给活干，我马上有钱交。”

“哎哟，国民党炽，自力更生吧！”

荣炽把水烟筒搁好，美美地伸个懒腰，说：“我，我自己找。”晃出门去了。看他的背影，白衬衫还蛮干净的，一点也不像没钱交膳费的倒霉蛋。

荣炽不在，其他人包括王耀向我简单介绍了荣炽的情况。他是新荣市人，这个小圩虽然和共和市、水步圩合称“三市”，但因离水步圩一里，居民来往较疏，所以我对他毫无印象。“唉，国民党炽，谁管教得了！”大队长摇头说。

我从旁了解到，荣炽算得地头蛇。事因1964年，公社为了解决小镇青年的就业问题，在离水步镇五公里的岗宁圩兴建建筑材料厂，他是厂里的工人。建材厂红火两年后，开始走下坡。因瓦和筒销路大大下降，厂方靠向银行借贷发工资。后来干脆停办。青年们回到小镇，重操丈街旧业。还好在新近建立了编织厂，使得女青年的工作有了着落，尽管学艺阶段没有工资。荣炽在建材厂担任制瓦师傅，功夫不错，有一段时间工资属最高一列，但没长性，多数时间懒洋洋的，有几个月不请假，离开厂子，连女朋友阿佩也不知道去向。住在他家附近的新荣市居民说他去偷渡，在梧桐山事败，差点被边防军逮住，逃了回来。

建材厂散伙和中学生离开学校，时间只差一个月。我还从侧面了解到，荣炽是孤儿，无人知道他原籍何处，父母是生是死，只知道他七八岁时被新荣市的退休助产师阿贵婆收养。荣炽从小就顽皮得要命，养母接生的婴儿数以千计，但对付不了一个动不动摔碗碟、离家出走的阿炽。“国民党炽”的诨名就是阿贵婆扬起鸡毛掸子问罪时骂出来的，意为和国民党一样坏。至于国民党多坏，谁也说不出来。荣炽十八岁那年，阿贵婆去世，荣炽变卖家具、衣服，把家里所有的贵重物“出清”以后，成为响当当的无产者。幸亏建材厂把他招去，那几年他自食其力，以“人”的名义活着。建材厂散伙以后，他无家可归，住在大队部的简易阁楼，不用交租金。本来大队长王耀对此持异议，自从办了编织厂，他看到下班以后里面没人，便予以默许，姑且把他当守夜的。

那一年，荣炽和我都是二十一岁。我居然被他的风度迷住了，尽管不是同性恋者。他一无所有，但从阁楼最简陋的床位走出来，白衬衫总是干净的（他只有两三件衣服，每天必换洗）。更教我倾倒的是谈吐。他有语言天才，各种台山方言——台城话、冲蒌话、广海话、海晏话，还有被镇里人视为“高级”的省城话，离水步镇五十公里的中等城市江门的方言，邻县开平、新会的土话，出口可乱真。我偏偏对方言具天生的敏感。出于敬仰，我拉他走进临河的香江饭店，花八毛钱和三两粮票买一客干炒河粉，和他一边聊天一边吃，三分钟解决了。他揩揩嘴，意犹未尽，猛喝劣质茶，为了报答，他用各种方言说粗野的笑话，不但我，连邻桌的“泥水佬”（建筑工）也笑弯了腰。

他从来不为钱发愁。食堂的成员仅三位：编织厂请的外地师傅、王耀自己以及荣炽。王耀怕荣炽欠的膳费太多，把食堂拖垮，但凡镇里有活，如运石灰的木船已泊在步月桥下的埠头，需要马上搬进仓库，免得淋雨，尽量安排荣炽去干。有一次，荣炽到我家来叫我，说“一起去莲河村看朋友”，还叫上平日来往较密的阿均（他是从二中回来的），三个人先去供销社，向主任借一辆两轮车运水泥，再去仓库了提二十包水泥，放在车上。荣炽操控车把，我俩在后面推。我纳闷地问：“访友干吗带上水泥呢？”荣炽说，顺便捞点外快嘛。距离不止十里，乡村小路坑坑洼洼，三个小伙子满头大汗，差不多两个小时才抵达。荣炽找到生产队长，原来水泥是供销社批给这个村子建猪舍专用的。队长签收后，荣炽往回走。我问：“你的朋友呢？”他眨巴大眼睛，笑了笑，说：“刚才我问了队长，朋友出门了。”阿均拆穿他：“你没问队长，我可是一直站在你背后的。”荣炽说：“好吧，我认了，我车大炮（吹牛），不这样说，你们会来吗？”讨好地拍我和阿均的肩膀。归途荣炽走得特别急，赶到供销社，出纳正要下班，荣炽说好说歹，出纳骂一句“他妈的就你难缠”，把运费三块二角付了。荣炽拿着现款，冲进大队部，说：“膳费在这，晚饭照开是不是？”我和阿均回家吃晚饭前，笑着骂：“你这国民党，真会剥削人！”荣炽大咧咧地回答：“我就要看看你们够不够格当哥们。”这一晚，三个人到碉楼旁边的公路去散步，我和阿均故意避开香江饭店，以免荣炽联想到，他欠了我俩的人情，须请客。

荣炽在建材厂那阵，有一个女朋友，叫阿佩，模样不过不失，身板出奇地肥厚，人说她像以杀猪为业的乃父。阿佩回到小镇后，清醒过来，明白和荣炽的恋爱近似过家家，连自己也养不活，家里这一关绝对过不了，中止了恋爱关系。荣炽认命，没有死缠烂打。两人见了面，也打招呼，没过去热乎就是了。

荣炽没事干时，爱拿着水烟筒，到编织厂工场旁边，和跟随从顺德聘来的师傅学手艺的女工们打情骂俏。他说笑话最拿手，所到之处总引起一阵阵大笑。有一天正逢圩期，四乡农民来摆卖农产品。一个姑娘，肤色黧黑，穿着白衬衣，走进编织厂兜卖菱角。荣炽高叫：“‘竹丝鸡’来了！”大家纳闷，很快省悟——竹丝鸡皮黑羽毛白，随即爆笑。姑娘红着脸走了。我在旁边看到，想起《阿Q正传》一情节，阿Q捏小尼姑的脸，小尼姑哭骂：“这断子绝孙的阿Q！”

有一回，荣炽穷极无聊，对我和阿均说：“想不想看好戏？”我们说想。“那好，阿均你冒充阿纯，给阿佩写封情书。”我们问：“那又怎么样？”他说：“别多问，到时看。”阿均不知就里，被荣炽逼着，躲在阁楼，荣炽说一句，他写一句。大意是：“我很喜欢你，今天晚上能不能在巷子尾见面？纯。”阿均写完，摇摇头，说：“我这字，猪拱菜地似的，怎么见人？”“我就要这个字，写得好反而不可信。”荣炽拿去，又拉开王耀的办公桌的抽屉，偷了一个公家的信封，把信折好，放进去。“下一步呢？”我问。荣炽对我做个鬼脸。阿纯也是从建材厂回来的，年龄和我们相仿，模样周正，但极为胆小，建材厂的青年男女成双配对，就他向隅。荣炽开玩笑时恭维他是“钻石王老五”。但现在荣炽和阿纯实现平等了。

说话间，编织厂的女工下班了。荣炽叫住阿佩，在骑楼下说闲话，身体渐渐靠近，神不知鬼不觉地把“情书”塞进阿佩的裤袋。我们躲在阁楼上看。荣炽和老情人告别，向我们所在的方向得意地笑。

情书上标明的幽会地点“巷子尾”，在编织厂的后门旁边，地方隐蔽但可以从楼上的小窗户偷看。足见荣炽的足智多谋。晚饭后，荣炽带我们躲好，并作了权威的解释：“阿佩这女孩子和我‘拍拖’差不多两年，我熟悉她的脾性——轻信，我这一回要试试她是不是水性杨花，看她来不来吧？”我说：“可惜阿纯不会来。”“阿纯真来了就没戏了！”荣炽说。这一晚，我们在蚊子的围攻下，等了三个小时，“巷子尾”毫无动静。

荣炽自觉丢脸，第二天阿佩来编织厂上班，刚进门，就被荣炽截住，拉到一旁。荣炽眨巴着足以把女子电晕的眼睛，诡秘地旁敲侧击：“昨天晚上睡得好吗？”“可发生过和恋爱有关的事？”阿佩扭动阔厚的腰板，“哼”了一声：“你以为我不知道？作死啊你！一张纸能骗人吗？连你我也不要了，还说他？告诉你，我将来的老公，必须是吃国家粮的国营厂工人！”荣炽的神情复杂，既是惊讶，又是得意。阿佩激动得脸涨红，忸怩的反而是她的前男友。

荣炽从来不露寒酸相。朋友拉他去茶楼，他如果刚好打过零工，口袋里有钱，并且已交了膳费，会爽快地请客，至不济也凑份子。否则，他要么不参与，要么因人而异。我和阿均，是他引为死党的，尽可大大咧咧地“共产”。可惜我们的手头也不宽裕。我的钱是和家里的弟妹编防洪草包卖给收购站挣的。

荣炽爱和我聊天，夜晚，坐在步月桥的栏杆上，他不会像别的从建材厂回来的青年人一样，以猥琐的语调，谈那时一起去开平三埠镇看电影，沿着潭江岸散步的情人，渲染肉欲。他喜欢谈香港，说偷渡的惊险情节，虽然没点明是他自己，但听得出来。我按他的多次叙述综合，他已偷渡三次，每一次的开销，都是变卖养母家的家具、衣服、首饰筹得。可是，他没有留下案底，因为他每次失手被抓，都报了另一个公社或邻县的地址，凭一口没有破绽的外地口音，次次都骗过收容站的审问员。

1968年11月初，水步镇的青年（不论是从建材厂遣返的，还是一直留在镇上的，还是刚刚从学校回来的）一锅端，下乡去了。荣炽没有老家可去，任由公社安排，在靠近开平县的独树乡落户。从此没有消息。1972年，我骑自行车在通往开平的公路上，撞见他两手戴铐，被两个民兵押着，往水步方向走。我一惊，跳下车，凝视着他。那一年，他二十五岁，还是那件白衬衣，肩膀和袖子破成布片，在风里飘着。胡子和头发奇长，脸差不多被覆盖了，换上别个怕认不出，然而他那双带电的眼睛，岂能忘却？他看着我，嘴巴蠕动，没有说话，却把手铐扬起，示威似地干笑几声。

后来打听到，他是进村里的空白户行窃被抓的。“这家伙，方圆五六条村，所有没人住的房子，门都撬了！”治保主任气愤地控诉。我明白，他的生活到了绝路。我所在的村庄，最后的自救是到大牛山打柴出卖，但荣炽住在潭江边，离大山太远。

那一次，他进了两年劳教场。刑满后，他变本加厉地偷，被判劳改。往后，生死不明。

水埠头

“水步”的“步”，古与“埠”通用。也许，它的前身，就是河畔的埠头，即小码头。三公里外另一个镇子，叫“大江”，再远一点有“渡头圩”“江宁圩”，十来公里外，有“单水口”。方圆一带，似乎是“水乎水乎水洋洋”的水乡。其实流经的，不过一条细瘦的河，名字也许未失进入《台山县志》的资格，只是正式称谓不甚了了。它的上游，逶迤过我出生的村庄的那一段，名字是有的：“横水”，颇有点“水是眼波横”的妩媚。小时听说，确也曾在榕树荫下赛过龙舟，但我来不及见到。

然而，小时候的水步，是不肯自认为“圩仔”的，它又叫“三市”。数千人口，几条窄窄的街道，数十家商户，加上一二处圩场而已，局面之小，农民赶圩带来的猪崽，给送进“源记”阉割时，尖利的哀叫足可响彻全市，但它得地形之利——中间有河。长江两岸有“武汉三镇”，邻县开平境内的潭江之滨，有“三埠”，它自然可以夜郎自大合成这个大得吓人的名目，骗骗不知底细的外江佬。“文革”大串联那阵，一位童年伙伴，在广州的红卫兵接待站，就凭这个“市”字，把东北的愣小子唬住。其中几个“兵团战士”，真的乘长途汽车，杀来这个“南方大都会”，欲兴煽风点火的大业，一下车就骂娘。旋即因太局促，街巷里要挥舞“井冈山兵团”的大旗，却施展不开手脚，匆匆撤兵。

除了“正名”方面的瑕疵，童年的水步倒不失其可爱。如今一想它，脑际就冒出一个水埠头：斜成四十度角的花岗石阶，伸进春夏混浊而秋冬清澈的浅浅河水。石阶一侧，一丛俗名“山指甲”的灌木所做的天然篱笆，一两棵番石榴懒洋洋地斜伸出来。另一侧，石砌的高围堤。堤上，一个大如“金山箱”的石坛，供着本市的土地神，或叫“社稷之神”。

水埠头！游子羞于表白但长存于心的乡愁，也许大至九百六十万平方公里，深至五千年，浩浩渺渺。于我来说，如果它是归雁，所要栖息的梦土，不过就是童年生活过的一隅，不必如何广袤，如何灵秀。甚至，它抓攫过万里烟云的爪子，要停靠的，只是一个水埠头。

终于，在离开了十多年之后，我来了，来到水埠头。回到当年家里开过文具店的老铺子。当天傍晚，我悄悄溜出门，奔向河边。时候正好，朦胧诗般的薄暮，犹如一块与现实拉开距离的陈年底片，我可以随意把回忆放到黑白的背景去。依旧是花岗石阶，一级，两级，一共九级。

当年我在阶上蹦啊，跑啊，多少回了，从来没注意有多少级，但一厢情愿地以为，它就是原先的模样，也直到地老天荒。

它崩塌过吗？儿时也这般歪歪斜斜了，尤其是靠水的那几级，底下只有石块作垫，一跺脚就摇动。端午前后的雨季，顽皮小子们在这儿最得意的耍乐，要么是从埠头上端助跑，再哇哇高叫着，扑通扑通栽进浩浩浊流，向那些叽叽喳喳、光会评头品足的小妮子们逞逞英雄；要么在她们下到埠头挑水时，冷不防把石板摇上几摇，石板像簸箕般颠，平时正经得老是嘟着樱桃小嘴的姐妹便哇哇大叫，几乎要把水桶摔掉。待到她从系水桶的棕绳间拔出扁担，要来揍肇事者，小子们早就溜进水里，潜

水步镇街景

到河心，打起水花儿唱：“有女要嫁金山客，掉转船头百算百……”

那群惯常只穿牛头短裤，光背脊给炎阳晒得漆亮，连水花也不沾的野小子，都到哪去了？从前的酒厂老板的后代，名字分别以“麒”“麟”“猊”的凶猛字眼殿后的兄弟三人，都是雄踞埠头的钓鱼专家。他们用苍蝇作饵，钓专吃船家拨出来的潲水剩饭的柳条鱼（儿童叫“水面鱼”），钓竿一挥，仿佛是梭镖，就把一撇耀眼的银光拽上来。

入夜，埠头寂然。灯光，市声，人影，卡拉OK，酒杯的碰撞声，都与它无关。它不是六朝金粉的秦淮。改革开放以来，小镇的繁华，都集中在离河很远的“圩顶”。恰到好处的宁谧。黝黑的波光簸动，筛出不可一世的豪杰，岸上玩过“三英战吕布”的，又在水上演出的“赤壁大战”全武行；筛出河上载着石灰、陶缸和砖瓦的蓬船，宽腰板的船家妇，舷旁背木“咕咚”作响的、系着粗绳子的小孩；筛出埠头上的小姐妹，正在嘻嘻哈哈地合力地拧干一张花被单，其中一个笑时露出了贝壳般的皓齿，把我魅住了，魅成后来痛苦的初恋。桃花人面，哪里去了？庆祝“公私合营”的秧歌，“文革”初期“破四旧”时游街的高帽和纸牌子，欢送知青下乡的锣鼓和狮舞，哪里去了？那个高瘦、肩窄、背驼的二十岁后生，曾在这里徘徊复徘徊啊，只为了偷看一眼来挑水的小情人。哪里去了，那个随姐姐打水的三年级学生？他给洋铁皮做的水桶压得够呛，龇牙咧嘴，打着踉跄，水桶晃得像拨浪鼓。到了巷子尽头的家，水溅去了大半。哪里去了，那个文具店老板的长子？他任性，会撒泼，有一年“龙舟水”下了，家里看水太凶，别家的小孩也不敢去，他哭闹了整天，不吃饭，害得大家长——肥胖的祖父，晃着两个肥奶子，战战兢兢地，蹲在埠头下刚浸得过肚脐的黄水里，强作笑容，看他最宠爱的孙子在河心用“狗爬式”游泳。

这个给家里娇纵过的瘦皮猴，这个“文革”中因为替“牛鬼蛇神”说话而被小镇驱逐的中学生，这个在镇的毛泽东思想宣传队里吹笛子的小青年，后来，流浪去了，流浪出一个灰色的中年。

我的流浪，栖止在北美洲的名城旧金山，一个海的城市，碧蓝、辽阔的海湾。大则大矣，却一览无余，没有河的蕴藉。尤其遗憾的，是岸与海的接合处，要么是突如其来的悬崖，要么是平铺直叙的沙滩。从来没有哪个城市规划家，顾及从岸到咸咸的海水，该有东方的水埠头作诗意的过渡。也许，大起大落，外露有余而内敛不足的西方，不稀罕这种古老而带小家子气的石阶吧？

但是，在我的乡梦里，不能没有水埠头。唐诗里“万户捣衣声”的长安，能缺棒槌齐飞的水埠头吗？在如画江南，洗瀑布般的长发，照杨柳般腰身的女子，能没有笑语喧哗的水埠头吗？设若童年没有水埠头，岁月该何其干枯。设若在旧金山也有一条小河，也有若干花岗石铺的水埠头，那将多么别致。如果说，忙迫的生活是太亢奋的高音部，水埠头的梯级就把它导入舒缓柔曼的低音区。款款曲水，盈盈一脉，安抚着躁动的灵魂，放慢急促的脉搏。于是每次出城，我的渴望，第一，看到河；第二，看到水埠头。车行在通往州政府所在地沙加缅度市的高速公路上，长长的木桥之下，是银色的俄罗斯河，但沿河极目，休想见到埠头，更没什么“野渡无人舟自横”；旅游巴士穿行在内华达沙漠，从开足了冷气的车内望出去，酷热蒸发着的气流，袅袅地升腾为万千圆柱，眼光饥渴之际，蓦地看见巨蟒般的科罗拉多河，割开单调的黄色，游到跟前，全车乘客不约而同地“呵”了一声。这时，谁不想跳下车去，一掬清凉的流水，灌入被赌城拉斯维加斯洗劫一空的心田？然而，没有水埠头，怎样走下陡峭的沙岸？就我的记忆所及，勉强算得水埠头的，要算位于南方亚利桑那州的伦敦桥。这桥，不但因它出现在人人会唱的童谣“伦敦桥呀塌下了，塌下了”而闻名；更因为它是整座从英国伦敦拆下来，运到这里，依原样组装的。水面很低，桥下砌上宽宽的石级，供游人漫步到桥下看景致，租游艇。不过，看上去总不地道，因为石阶再多，没达到水边都戛然而止，临水还是煞风景的平台！这是西方的逻辑：石阶如其不曾赋予浣衣、濯发、洗菜、刷马桶、垂钓、作镜子、戏水、装卸货物和摆渡等功能，它何苦非要陷身水中，与不舍昼夜的流水纠缠？

此刻，我回到了真正的水埠头。脱下皮鞋，跋涉过万里水程陆程的仆仆风尘的皮鞋；脱下袜子，想起纪弦的《脱袜吟》：“何其臭的袜子/何其臭的脚，/这是流浪人的袜子/流浪人的脚。”鞋袜放在昔年入水前、堆放书包、鱼篓、钓竿、笠帽与裤衩的枇杷树下，拾级而下。

把短短的巷子/走成一条/曲折/回荡的/万里愁肠//左一脚/十年/右一脚/十年/母亲啊/我正努力向你/走来

（非马《醉汉》）

你可是我的“巷子”，水埠头？那个“醉汉”，就是我，刚刚在这里痛饮岁月。我走向生命的黎明，生命的原色，生命的本真。岁月！每一级石阶，是由多少本日历叠成的？从太平洋彼岸出发，迢迢长路，才到河边。逐级逐级下去，怎么脚步总是虚浮，一脚伸出去，迟迟不敢触上爬着苔藓和蛞蝓的阶沿？怕踏空，怕踩中陷阱吗？每一步的下面，都是深不可测的光阴之渊。怪不得，河水的光，如此闪烁不定，鬼鬼祟祟。

我坐在最靠水面的一级上，把脚伸进水里。春水带着微温，隐隐飘来一股腥气。要是白天，该看到一河斑斓的油星子、蔗渣和果皮。据在镇里居住的三弟说，河给沿河的工厂瓦窑和稻田的农药污染得不成样子，单是河边的垃圾已够恶心。好在是夜晚，眼不见为净。

在孩提眼里那般开阔雄浑，而今出奇地瘦和脏，好歹是故乡水啊！清兮濯我缨，浊兮濯我足。让我洗涤三十载红尘，十年客思吧！如同腊月家家“打尘”（大扫除）时节，坐在这儿刮污垢——先在水里将脚板泡得发白，再用瓦片细细地磨着开裂的皮肤，磨得黑不溜秋的脚丫变红，又变白，刮下条条泥垢，引来一群狼奔豕突的小鱼小虾。河水粼粼，脚一拨划，水声哗啦，那么多记忆抢着发言；湿手一甩，一串玲珑的琶音，童年嬉笑的回声。

水埠头，我的童年。在不舍昼夜的光阴之流上头，你依旧与世无争地偃卧，俯视着浪淘泥沙，水折倒影。小镇的生老病死，荣辱盛衰，争夺与和谐，灿烂与灰颓，都由你作永恒的见证。

我真的很幸运，只为了仍旧拥有你，不单单在异乡的梦中。命运是你吗，水埠头？

步月桥上

南北向的中华路是共和市的主要街道，从我家后面所对的小巷拐几个弯，从河边走百来步，就到步月桥。

儿时，这桥是花岗石拼成的，不走汽车，中间以石栏分隔。临河的两边的石栏上，插上铁篱笆，高一丈余，以杜绝爬栏的小孩跌进河里的隐患。桥面由每块一平方尺、俗称“蛮石”的花岗岩板铺设，两端有数级占了三分之二以上路面的石阶。它是二十世纪二十年代肇建小镇时一项重要的市政项目，董事会压根儿没想到要给带轮子的玩意留太多空间，只有不到三尺阔的斜坡，那是为手推的独轮鸡公车和不多的单车而设。入口处有一石牌楼，“步月桥”三个柳公权体楷书嵌在铜框里，横架于牌楼上方。

这座桥从格局到名字，都算小镇最有人文气息的一处。且想像，一弯新月从爬过松伯果园的番石榴树和龙眼树的梢头，被薄纱般的云絮簇拥着，君临大芳茶楼的洋式带花紫色玻璃窗，绰约银光把花岗岩上的斑点照成米籽兰。而伊人——不必全镇最出众的几位，如捷华百货店老板“肥林”的千金，只要附近的“三光华”那一年四季三百六十五天敷粉的二小姐——打一把油纸伞，扶栏伫立，或俯身凝睇。桥下两个半圆拱洞，奔流着从古兜山脉流下的水。除了山洪暴发时水变浑黄之外，平时嫩绿、清澈，居民多半从这里打水回家，用明矾沉淀后饮用。杨柳是没有的，一棵榕树把盘曲的根（我看了便想起“阿白”的小脚）插进埠头的石缝，苍翠的树冠以影子霸占大半河面。

1956年以前，步月桥靠共和市一侧，每天大早，只要不刮风下雨，便摆上驰名四乡的“栋记粥档”。主人叫雷栋（栋记），他和妻子住在我家后门斜对面的铺子里。栋记的耳朵不好使，人在背后叫他“聋栋”。为了藏拙，栋记极少说话，外交事务由老婆包揽。我懂事之前，祖母和栋记的老婆，就因为小母鸡在巷子尾垃圾箱下的蛋吵过，

水步圩里的老榕树

记了仇，见了面扭过头不理睬。但是，栋记粥品的魅力，别说那切得和芝麻一般的姜葱颗粒，单是蒸汽带出来的米香，就让人流口水。祖母带我去河对岸的圩场，走到桥头，如果她不为一碗白果粥而从鸡心形荷包掏出两分钱，我就用上对付祖父的战略，蹲在地上不走。祖母不想看到栋记背后的女人，让我自己去买。我喝得差不多时，她把碗拿过去，仰头喝光，再拿起唐衫的宽袖，往嘴巴四周按按。我把奇厚的青瓷碗和汤匙放回粥摊上，祖母提起“趁圩篮”，和我往前走。

差不多是镇里唯一景点的步月桥，1956年寿终正寝，理由是冠冕的：改善交通。这可是头等大事。省城派来的施工队在小镇驻扎，第一桩是爆破，把根基深厚的石桥拆掉。那几天，中华路两端被封，附近居住的居民不得出门，外出的不能回家。“隆隆”的巨响惊心动魄。好奇的小孩子蹲在下游的河边远看。听说爆破队一个人走避不及，被石头砸伤了。第二桩是打木桩。河水抽干，在河心挖出深洞，再埋下巨大的树桩。建成以后，桥面宽了一倍，和街道平齐，任是什么车子，都通行无阻。

桥上听“古”

“步月”这桥名从此再没人提及。但居民的积习难改，晚间还在桥上在栏杆附近聚集，聊天。桥头上，栋记的粥档之外，还多了一个小食档，档主叫李寻，人称“卤味寻”，或更加简捷，叫“卤味”。从前的铁栏杆，改为木的，横杠三根，面上的一根是坤甸木的，被人的手摩挲久了，光滑无比。

夏日黄昏，燠热非常，我们赤膊，只穿小裤衩，坐在栏杆上面，双脚踏在中间的横杠上。胆子贼大的伙伴胆敢以脚钩住它，身体后仰，弯向水面。路过的大人看到，干咳一声：“喂，寿星公吊颈——嫌命长吗？还不下来？”捷如猿猴的小子说：“怕什么！摔下去又不疼。”说罢脚离开横杠，一个倒栽葱，人插进水里，激起的水花打湿警告者的脸。后者骂咧咧地走开，水里的小子抹抹脸，游到埠头，爬上来。别以为跳水者莽撞，他们早已拿桥上栏杆当作跳台，发大水时节，都爬上栏杆，站得笔直，一声吆喝，“扑通”跳进黄浊的洪水里。

小学五年级那个夏天，我在家制了一支“沉线钓”，穿上蚯蚓，从桥上扔进水里。把手头的线拴在栏杆上，便不再理会，和伙伴玩耍去。嬉笑的间隙，探手提提线，久了便把钓提上来，换掉已发白的蚯蚓，再扔下。有一次提线，觉得沉赘，慌忙拉起，哈，一条白花花的鳝鱼！它太贪婪，鱼钩进了肚子，我把鳝鱼提着，让伙伴们看个够。哇，足足一斤重！谁不眼红？我小跑着，把鳝鱼送回家。妈妈眉开眼笑，破天荒第一次夸奖我的技术。这一尾难得一见的高档河鲜，成了次日午饭的主菜。祖母用上大量炒黄豆和腐竹，焖得美味之极。

向晚的桥头，旁边是“卤味寻”的担子源源冒出的蒸汽，夹杂着八角、花椒的辛辣味，萝卜的鲜味，黄橙橙的芥辣披上对面三楼绿色玻璃折射的斜阳余晖。摊主寻记的太监嗓子具有难以抵挡的吸引力。可惜小孩子没钱，不得不努力咽下馋涎，专注于精神上的事体——听“古”。

主讲者是单车站的工友许荣，绰号“乔家”（意为“计谋多”）。单车站是供销社下属的集体单位，数十名工人以单车载货或客人，多劳多得。活计辛苦，但赚得比一般售货员多。刘荣矮小剽悍，光头，粗看和普通“单车佬”没两样，爱看书，爱谈古论今，是小镇名列第一的诗人。只有他做得出这样的句子：“银笛高唱公社好，波涛汹涌争上游。”他在晚风中仰头吟出，然后说明，是为“银波村”作的嵌名联。明知不对仗，但村干部说必须有革命词汇。

“乔家荣”讲古，虽比不上在大芳茶楼设座、每张门票五分钱的专业讲古佬陈池，但注入全部情感。他谋生不易，每天肩搭俗称“粉包”的披肩布，骄阳似火也好，刮风下雨也好，都得卖力气，还受头头和客人的欺负。心中块垒被他放进“古仔”里。听他讲《王大儒供状》的居民说，他给“古仔”注入和蹬载重四五百斤的单车上陡坡相当的力气。

王大儒这位给财主家当家庭教师的书生，和财主的女儿私通，半年以后女子怀孕。东窗事发，王大儒被押上公堂问罪。书生给县官呈上的供状，阿荣叔倒背如流。

“话说仲春二月，‘桃花映人面而俱红；柳絮牵娥眉而共翠。’”

开头，阿荣叔说两句吟三句。曲尽“唐音八声”韵味的水步方言，夭夭袅袅。听众围在桥边，一片肃静，从桥侧香江饭店传出的人声格外刺耳。

“可知道财主的女儿多美？‘芙蓉映月，盈盈杏脸半含羞；杨柳迎风，袅袅蛮腰恰一捻。口含艳菊，手挽侍儿。莲步乍停，启樱桃而红半点；秋波一转，敛素衿而珮有声。’”阿荣叔的腰板靠在栏杆上，眼睛紧闭。我们太小，对这些骈四俪六半懂不懂，但被他的神气迷住。只要见过神灵附体的巫婆或者扶乩的道士（乡间叫“喃哦佬”）口吐白沫，胡言乱语，就可断定荣叔完全入戏，化身为风流倜傥的王大儒。

“下面，当然是成其好事啰！小弟，换上你，你忍受得住吗？‘转步登楼，蕙帐蕴千金之体。试揭纱幮而偷看，芍药方秾；细弹鸾枕以相惊，芙蓉半醒。’人家王大儒多聪明，写到这里，问一句：‘此时此际，即老父台之设身处地，将若之何？乍喜乍惊，则在小生已心动神飘，竟如此矣！’”

阿荣叔摇头晃脑，声线细下去，脸色苍白，仿佛虚脱。几个小孩子要么不解风月，要么被荣叔的假戏真做吓坏，悄悄开溜。到最后，只剩一两个大人。荣叔浑然不觉。往下，悬念是县官如何裁决。按封建时代的律令，男女私通至少杖一百，脸刺字，发配边远之地。然而，听着！荣叔的声音摇曳而上，有如长啸。世界匍匐，听着荣叔念出他誉为“世界级”的判决：“然朝廷有略法以原情，官府亦设身而处地。红妆少女，赚人以柳叶之眉；黄卷书生，误我是桃花之命。蝼蚁也知春色好，斯人难免有情真；梦魂不到故乡来，本县亦曾经此苦！”我听到这里，和讲者一起长长地吐一口气。散场时感得背脊发凉，原来衬衫落下很多露水。

桥上的业余说书人，除了荣叔以外，还有一位比我大六岁的阿原。他家开药店，父亲当中医兼当老板。阿原方脸浓眉，头部很粗壮，其实肩窄腿细，是文弱书生。他上完高中，考不进大学，回到小镇。那是1962年。他爱读闲书，似乎做过作家梦。他卧室里的书桌，玻璃板下压着从侨刊《新宁杂志》剪下来的一页通讯。朋友们到访，他必出示，加以说明：“当年在侨中我可是拔尖的诗人哟！县上有报道呢！找不到？读这一行，里面是不是有我的名字？”我倒是看清楚了，新闻报道称：侨中有一群学生热爱古典诗词，常常唱和，开列了十五个名字，阿原在末尾。

月白风清之夜，如果乔家荣不来，而阿原路过，我们一定扯着他的胳膊，收“买路钱”——讲一个古。他搔搔头，说："讲就讲，别笑甩大牙。话说杀人王在三藩市，给机械党魁'大只胜'下战书，扬言三天之内使大只胜的裤裆爆炸，小鸡鸡消失。大只胜冷笑几声，派手下给杀人王送回信：'尽管放马过来。'开始倒计时的三天内，大只胜足不出户，裤裆还安装了特制的防护罩，自以为滴水不漏。不料，到第三天最后一个小时，大只胜来不及庆祝胜利，小鸡鸡给炸飞了。知道为什么吗？"听众急了，纷纷说："怎么可能？骗人！"阿原不答，掏出五分钱，到桥北的甘蔗档买了一段黑皮蔗，削了皮，咬一口，嚼了，把渣吐向黑幽幽的河水。"揭谜底嘛！"大家催促。

"原来杀人王侦查到，大只胜裤裆的护罩是向一匠人定制的。杀人王化妆成大只胜的马仔——这家伙的易容术举世无双，提前一天去取货。匠人看来人和前几天来订货的那一位一模一样，便把护罩交给他。他把护罩拿回家，在夹层安装了一个微型定时炸弹。回头找匠人，说试戴后，觉尺寸要作调整。交代清楚以后离开。稍后，大只胜的手下依约来取了货，大只胜放心地戴上。然后，出事了。"阿原爱笑，这么一个故事，他自己，不下十次，按着肚子，笑得全身发抖，腰也弯了。我纳闷，有这么好笑吗？

目击凶杀

我在桥上，目击一桩杀人未遂案件。

那是1959年秋天，我上小学六年级。此前的五年级，我们在胡闹中混过去。种油茶花了三个月，回校以后，心都散了。那时，“放开肚皮吃饱饭”的食堂已办不下去，饥荒逼近乡村的家家户户。

那一天是圩期，我在家吃了两小碗红薯、豆角叶子加不多的大米做的粥，肚子呱呱叫，嘴巴老冒清口水。背起书包往学校走。路上，迎面而来的是赶集的农民。其中一个汉子，被三四个小孩子簇拥着，往圩镇的方向走。那些孩子都和我同校。我知事情反常，偷偷问其中一个：为什么不去上学，往回走？他指了指汉子，说，他要去杀人。

我旋即转身，和那些同学一起跟着汉子走。汉子一路骂骂咧咧。我从汉子口里听出因由：上一个圩期，汉子好不容易用鱼笱捉到四斤多鳅鱼，拿到市集上，打算卖掉，好买番薯。他一家五口，眼看要断粮，就指望这个。鳅鱼一斤卖十五元。从前大饥荒一斤才值三四分钱的番薯，卖到十元，还很小，根须又多。“断子绝孙的谭财，把我的鱼收购了，一斤才给二角三。我看着他拿着鱼进收购站，自己吃了！妈的想我全家都饿死，没门！要拿你垫背！”说罢，汉子伸手向背后，拉高薯莨衫，抽出一把寒光闪闪的竹刀，“昨晚，我磨了一夜。”他用右手弹了一下刀

台山乡村风景

锋，铮地响了一下，果然锋利。我们后退了几步。

长这么大，都不知道什么叫杀人，强烈的好奇心驱使着，拼着旷课也要看。汉子把竹刀插回后背的裤腰带上，用上衣遮掩，走到步月桥，扶栏而站。我和三四位同学，站在对面，靠着栏杆，心快蹦出胸膛。

汉子一会儿嘟嘟囔囔，一会儿舒展胳膊。他个子不高，但壮实，腿肚子胀鼓鼓的，有如最肥的藕节，遗憾的是一张脸尽是菜色，营养不良好久了。他的眼睛盯住离桥不到十公尺的收购站。不一会，收购站站长谭财走出门，他个子高大，穿着四个兜的浅蓝色中山装。汉子疾步走去，拦住谭财，厉声问："我的鱼你是不是全做宵夜了？我全家没饭吃，你狼心狗肺！"谭财没有防备，站着发愣。“我全家饿死，你要垫棺材底！”汉子吼叫一声，伸手向背后拔刀。我双拳紧握，闭上眼睛，眼前飞舞着一团团鲜血。

睁眼时，汉子已倒地。握竹刀的右手被谭财死死按住。原来，汉子绝非高大且昨晚饱餐了红枣炖鳅鱼的谭站长的对手，谭一推，他就倒下了。谭财高声吆喝：“快来人，逮捕杀人犯！”收购站里跑出三个人，和谭财一起按住汉子。汉子早已失去抵抗力，昨天饿了一天，又为了磨刀通宵没睡。一个职工跑回收购站，拿出一根绳子。很快，汉子被捆绑。

我平生唯一的一次，看到这样的犯人——他被绳子从脖颈到小腿肚密密实实地捆着，成了一根粽子。他的身体被拉离地面，站直。汉子识时务地辩解：“我没有杀人，我没有杀人。我去砍竹子……”谭财要职工们回去，由他这个对敌斗争坚决的胜利者把犯人押往公社保卫组。

“走！”谭财喝一声。汉子迈不开步子，因为脚被紧紧捆住。谭财说：“还不走？”猛力一推，汉子直挺挺地往前倒下，身躯伏在桥面，被谭财拉起来，一脸是血。接着，汉子用尽平生之力把带血的口水啐出。他死死地瞪着谭财，一言不发。如此仇恨，如此绝望！后来，到了知青年代，读古书至这样的段落：“荆轲西刺秦王，高渐离、宋意为击筑而歌于易水之上。闻者莫不瞋目裂眦，发植穿冠。”就想到汉子，他的“裂眦”，是此生绝难忘记的。

汉子极艰难地挪动，一步至多二三十厘米。我这才惊觉要上学去，飞跑过桥。听说几个月以后，汉子以“谋杀革命干部未遂罪”，被判劳改十年（政法部长说，他是贫农成分，所以轻判，如果是地主富农，加一条“阶级报复”，不吃“花生米”也得无期徒刑）。不知道他的妻子和四个儿女，逃得过此劫否？

三人行

“三人行，必有我师焉。”孔夫子这一经典语录，放在这一特定时空，要改成：三人行，必有我的童年。三个老头——木、文和我，年龄近似，都是六十八岁上下，约好了，仲春时节联袂到珠三角北端的小镇——水步一游。

2016年五月一个不下雨、也没有大太阳的妙不可言的下午，我们踩着一个甲子前的脚印闲逛，不时驻足，指指点点，照相，从门缝、栅栏、铁闸向内窥探，引来居民警惕的眼光。偶尔和路人聊几句。

五十多年前，我们三人在这里度过童年时光，地地道道的“发小”。从上小学就认识了，我和木还是同班。1960年，三人从小学毕业，上了不同的中学，周末和假期还回来。高中毕业以后，才走上不同的生活道路，逐渐远离。

记忆：共同的和独有的

很多记忆是三人共有的。比如，岸边那一棵比我们老的榕树，目击过我们在横水河里游泳，钓鱼。六月洪涝从大牛山那边下来，站在步月桥的木栏杆上，吆喝一声，纵身跳进滚滚浊浪。木还能指认埠头哪一级石板基座被水掏空，踏上去有如坐跷跷板。从镇公所走出来的传达员罗超伯，身躯伟岸，手摇铃铛，挟“新官上任”的威风，沿街洪亮威严地宣布，什么人去哪里，开什么会，谁去扫街，下午几点一律参加救火演习，哪个时刻为斯大林在遥远的苏联死去而站在骑楼下默默低头。礼拜堂的林牧师在圣诞节发的糖果我们都吃过，我们的头都被他美丽的太太——说“外江话”的“林师奶”抚摸过。

同样，因为太久远，各人的记忆均有缺失、出入。比如，摇铃的罗超伯，据我所知，是三年困难时期因饥饿成病去世的。他们却没有印象。站在水埠头，身后是一家以农家菜为号召的餐馆。从前这里是遍植番石榴、木瓜、黄皮和龙眼树的果园，入门处有低矮阴暗的小木屋。它的主人，小孩子称为“松伯”，大人却鄙弃其为人，直呼他“矮仔松”。1962年，他引诱从大牛山山脚村庄来趁圩的几个小女孩去他家“免费住宿”，伙同专司埋死人的陈老期深夜轮奸了她们，后来都被判刑。松伯1949年前的案底我晓得，但此事没听说过，而木知之甚详。“他们在万人大会受公审那年，你在台城上学。”木这样解释。晚餐时间未到，海滨餐厅无人，但传来刀砧之声。没来由地想起杜诗：“手种桃李非无主，野老墙低还似家。”

有些记忆是互为补充的。从前，中华路的尽头叫“圩尾”，往北是广大的田垌。那里有一个药店兼中医诊所，主人是年过六旬的林绍舜，居民无不尊敬这位年高德劭的医生，没人直叫其名，都称他“二公”，连带地，连最爱搬弄口舌的婆娘也不敢议论操顺德话的“二婆”，尽管都知道她是小妾，正牌“大婆”独居广州。木接着说，二十世纪五十年代初，因父亲被台城的合作社开除，全家陷入绝境，每月交不起五毛钱的房租。一到月初，第二天房东要上门，妈妈就把几只鸡蛋包起来，吩咐木拿去，上二公的门。二公从来照收不误，所付的价钱多于五毛。有关“五毛”，这可算最具人情味的故事。

离我家铺子远一些的街道，我的发言权不多。文指一铺子，说它曾住过一个牙医，“文革”刚刚开始“破四旧”，即使预测到要受罪，也是在十个月以后。然而牙医过早地断定难以承受，于是在批斗、游街的苦难袭来之前一死了之。再往前，一铺子从前是牛皮店，老板把牛皮绷在铁架上，置于太阳下。文和小伙伴用小刀从牛皮割下紧紧附于皮下的肉，那是大饥荒岁月最稀罕的美食。

但是，有些记忆是“只此一家，别无分店”。

我们逛到汇源路，这是和主要街道中华路平行的老

台城郊外的凌云古塔

街，以水埠头开头，全是老铺，全街改变的只一处：从前中段有两个铺位大小的空地，后来建了公共厕所。不知何时，公厕被拆，建了两间铺子。它们的年代也够久远，外观和老铺子一般残旧。我家的后门是巷子，巷子两头，均和汇源路接通。

我在汇源路徘徊良久，借口是找昔年的“墨迹”。事缘四十八年前，我从学校回这里当无业居民。恢复户口不久，“红海洋”运动席卷“文革”中的神州，城镇当眼处一律写上毛主席语录和诗词。我的任务是给全镇大多数骑楼的柱子写大字。三个月下来，以红油漆写下数百条“四海翻腾云水怒”“冻死苍蝇未足奇”之类，字体是嚣张有余而欠缺功力的隶书，所模仿的并非古代碑帖，而是中学的美术老师。

在汇源路柱子写字的日子，发生了青春期的第一大事件——初恋。一天晚上，我路过汇源路45号，她叫住我，递来一包东西。我还没回过神，她回身关门。我跑回家，飞步上楼，在煤油灯下，打开折叠的旧报纸。里面是我的海魂衫。前天我在她家租住的铺子前写字，衣服粘了油漆，随手脱下，搁在梯子上，忘记了。纸包里就是这一件，姑娘把它洗净，折好了。衣服下面有一个信封，盛的是她的玉照，一巴掌大小，那年代没彩照，是黑白照加了颜色，明星一般。我把照片捂在胸间，心狂跳一夜，无法入睡。

我一边反刍远去的罗曼史，一边对两个伙伴说："如果有人拍下我当年写下的字，照片要多高的价我都愿出。"一路查看油漆重重叠叠的柱子，并无收获。他俩指着一间间要么坍塌要么空置要么住人的铺子，努力回忆：这一处，是卖糖果饼干的刘坤家，刘坤的大儿子叫阿楚，小学同班，十三岁那年死于脑膜炎。那一处，是邮局的线伯伯，他是从广州调来的，一家子说省城话，三个儿子：大蛤，蛤蟆，细蛤，和我们一起上小学。线伯伯1960年饿得两脚浮肿，依然一拐一拐地挨家送信。这二楼，可曾住过镇剧团的花旦？那阁楼，是不是永兴茶楼老板和前"女招待"阿媚离婚后的住处？陈池在何处讲古？1927年获得全国武术比赛第三名的梁天柱，在哪里开专治跌打的诊所？在哪里打佛家拳？

我的寻索是秘而不宣的，焦点还是初恋。接到她的照片之前，我对她的暗恋已愈演愈烈。放假的日子，我从家里搬出一张带扶手的藤制椅子，坐在汇源路街角的路灯下，读《六十年的变迁》和《小城春秋》，对面就是她的家。可惜门总是紧闭，只偶尔漏出引发无穷想象的灯光。

三人的“归去来兮”惊动了骑楼下半卧在酸枝躺椅上的老人，他起来，向我们打招呼，问：“你们找什么？”文告诉他，我们是这里长大的，出外好多年了。“我也是这里长大的！”他说。彼此心底下都藏下一句：“怎么一点也不认识？”我挑明了：“你太小，我们离开水步时，你怕没来得及穿开裆裤。”他裂口笑了。咿，这脸孔似曾相识！“既然如此，你的父亲，我们必定认识！”我说。

“我爸伍原，阉鸡原。”“哈哈！像，真像原叔啊！”叠影呈现——原叔在离这里三十步处有摊档，每逢圩期，他蹲在沙地上，气定神闲地给四乡村民带来的小公鸡做绝育手术，具体而微的“取卵”动作历历如绘。“我叫阿庆，也干我爸这一行，退休前承包鸡场。”他搔了搔毛发不多的头，对这一行业不感到光荣。因此我开玩笑说：“你一天最高纪录是阉多少只鸡？”他岔开了话题。

接下来，可谈的多了。伍原这个儿子比我们小五岁，一直没离开过小镇，说起故人旧事滔滔不绝。面对着阿庆，我心里蓦地冒出一种别样的情绪，它是那般独特，初恋以后就没有过；它又是那么鲜活，仿佛发生在昨天。

“阿庆，你姐姐是不是知青，1968年回老家务农？”我的声音异样，但两位伙伴听不出。“就是，她叫阿婷！后来去了美国。”

“你和她很熟？”阿庆警惕地盯着我，也许怀疑从前我和他姐姐有过一腿。我说不算熟，她比我小，上的中学不同。离开学校，在小镇组建的毛泽东思想宣传队排练节目时才认识。阿婷和我的青春并无交集，此刻她引发我异样的情愫，只因为她是小情人的闺蜜。她们同岁，下乡前一起在镇里织草篮的小作坊上班。每天上午十一点，我铆在家二楼骑楼临街的窗前，看她们并肩或搭肩牵手，娉婷而过丁字街。小情人知道我在看她，一天换两次衣服。

我和小情人的热恋刚拉开帷幕。一天夜晚，镇里召开过下放的动员会，我和她站在今天和“阉鸡原”后裔近似的位置，面对面，做过一次短而深入的谈话。

“看来非走不可了，我们去同一个村子落户行吗？”我小心地问。不可回避的现实是：她和我都只有一条路——回原籍。我的母亲和妹妹已在村里生活多年，和我一样具有城镇居民身份，吃国家粮的二弟，早已厌弃小镇的无聊，回村里住，经天上山打柴。小情人将回的村子，青砖老屋由年过七旬的祖母单独居住。迫在眉睫的生计没有着落。再浪漫也得面对冷酷的命运——养不活自己和她，悲凉源源不断从心里冒出。

“不可能。反正离得不远，见面不难。阿婷回原籍恩平县，那才远呢！以后难见面了。”她捏着衣角，低头说。我妒忌她老提到阿婷。

那些日子，我夜夜辗转难眠，在灯下给她写了一封封信，预测下乡之后的前途。不是单纯的不舍，尽管“多情自古伤离别”；是惶恐，绝望，以及愤怒。我二十岁，却没有主宰命运与爱情的能力。我没有放弃，我央求她再想想，找一个接纳两个人的村庄。她干脆挑明：“你家败落成这样，我妈会接受你吗？我提出和你一起下放，不给她骂死！”我终于死了心。

这辈子似乎是第一次，也是最后一次，被热烈地爱着的人奚落，我的魂魄匍匐在地。啊，血气方刚的青春，和“幸福”没有一毛钱关系！此刻，沮丧的情绪回到老去的心房。这些，我不想对旁边两位老于世故的朋友谈及。

“我住的铺子，从前是雁姑一家住的，她和儿女早去了美国。”雁姑就是小情人的母亲。早在二十世纪七十年代初，她因和粮管所职员串通，盗卖粮票，被判刑十年，刑满出狱以后移民海外。听阿庆敬仰备至的语气，雁姑是这个小镇的光荣，他住在她的旧居，沾了她的贵气。那就好！

闯进永盛村

在大街小巷溜达，误打误撞，走进永盛村。这条村庄离小镇不到200公尺，沿路是旧铺子。路口的砖墙依旧，上小学六年级那阵，和同班的阿焕好得合穿一条裤子都嫌肥，他的家在永盛村。上学必一起走路，谁失了约可是大事，“妒忌”这恋爱的必然产物，于我和他，却先从友谊发育。偶尔因事等不了，得在墙壁上画记号。路口那栋商铺的后墙上，所覆盖的多层白灰的某一层，该有我和他用瓦片刻下的很多圆圈和三角形。再往前，有“馄饨佐”的小铺子，有酱料厂露天摆放的，一任苍蝇盘旋其上的百多口陶甕，然后，是茂密的竹林。一条泥土小路从竹子的间隙穿过，寂静无人之时间独行，风声飕飕，乌鸦呱呱，颇为恐怖。这些都已消失。

村口坐着四五位村妇，悠悠然说笑。社坛是旧时的，树下的石凳是新放的。她们不必干农活和家务，闲且懒。她们所面向的池塘，堆着光怪陆离的垃圾。

三个老头子中，我和永盛村最熟。和阿焕成为最要好的朋友后，整个暑假，多半泡在这一带的河涌。不然就在村后的密林，高可参天的楠木、粗壮的粉单竹和散漫的红果仔树上，有的是知了和天牛。

“这村子，有好几位同学呢！”木勾着手指点，“阿森，阿普，阿赴，阿应……”我插嘴：“别漏了光伟。”“是啊，他和你那一架，相当轰动呢！”“光伟是我的崽……”突然，树下一个老太太插进一句。“太巧了！”我们差点一起鼓掌。她从石凳站起，向我们走来。干瘦，但硬朗非常，一脸黑芝麻般的小雀斑。

“我记得你，我那时常常去你家玩。”我说。距今近六十年的1958年，我上小学五年级，班里组织一对一的对子，假期去收集废铁，支援“钢铁元帅升帐”。我和光伟是“一对红”。为此，我常常去光伟家，他妈妈随在泡水馆打工的丈夫住在省城。光伟和祖母在家。有时，母亲回来看望老小，光伟妈前妈后地叫得她心花怒放，母子俩亲热得教我妒忌。

光伟先前怕是学过收集废料的，领我扛着小锄头去圩边的垃圾堆翻，一下子就找到好些生了锈的螺丝、铁管、缺口的犁头，我当跟班只有瞪眼的份。他把废铁卖给收购站，换来一毛八分。这家伙嘴馋，瞒着我，全花在小摊卖的“猪油腊味糖膏”上。

光伟的妈妈说：“他在村里呢，我去喊他。”并不龙钟的老太太，九十二岁了，穿着素净的碎花布衫，缓慢而轻松地消失。我越过她的背影看到一个井台，十岁时挑着最小号的锡皮水桶，跟着姐姐来这里挑水，桶晃荡时的声音有如发自瓮中，神秘而动听，仿佛在回响。

风送来池塘边垃圾的腐臭味，我佩服一年年坐在塘畔石凳上谈笑自若的村民。光伟的母亲回来了，跟随的不是光伟，而是阿森，他也是我和木的同班。森坐在轮椅上，木和他话旧。森年轻时从军，退伍后进本地的矿山企业，已退休多年。我记得分明的，是他的少年时代，高个子，顽皮，成绩一般。

“光伟还没找到，托人叫了。”光伟妈妈这般交代，教我见光伟的意愿更加热切。光伟和我干仗，填补了这辈子“暴力冲突”上的空白。

那是“大跃进”年代，我和光伟一起上五年级。人民公社刚刚成立，学校没上课，为了配合中心任务，师生什么都干。那是公社化崩溃前仅有的阔气日子，不但吃饭不要钱，还设立多种有酬劳动——逮到老鼠杀了，可凭尾巴去公社领钱。在开始分蘖的稻田巡逻，把三化螟虫产了卵的叶子摘下，按片数拿钱，尽管数目可怜。那一天，是去田垌里“深耕”，把水田的泥土一层层地挖下，叠起。干完活，班里同学一起玩耍，互叫花名，几个人一起捉弄光伟。光伟突然发火，甩掉工具回家，一边走一边转头对我骂，说“和你没完”。

我没当回事。放学以后，回到家，开始“上班”。我家就是公社唯一的书店。我高坐于柜台后，看够小人书就读大部头。傍晚，光伟杀上门，站在骑楼下，向我戟指，骂遍祖宗十八代。我要他走开，他当然不肯，跳脚，做鬼脸，叉腰挑衅：敢不敢出来打一架？我没动。他益发嚣张，进店来从书架抽出书，扔在地上。

我才做人做了十年，行迹之中，独缺“打架”一项。成长在小镇，人际关系较乡村疏离，小孩子难得有正面冲突的机会。上小学一二年级时，遭人欺负，我让同班的好朋友替我摆平。这次我怒火难抑，但不懂挥拳踢腿，便从玻璃柜旁边拔出鸡毛掸子，跑出店外，以阿Q“手执钢鞭将你打”的力度，死命往光伟的头上抽去，只一下。光伟痛得大叫，为了扩大声势，干脆躺在地上打滚。“死了死了，打死人啦！”他蒙头呜咽。十多个闲人围上来。

祖父刚刚从药材店下班，坐在厨房里抽水烟筒，听到外头喧闹，出来察看。知道我是肇事者，一把揪住我的耳朵，喝一声：“你们都去治保会，听候处理。”我歪着头，被爷爷押着，光伟捂着痛处随行，往治保会走。治保会的主任端着饭碗，问清原委，用筷子戳着光伟的头，笑着说：“不好嘛！不要再打了。”看热闹的人散去，祖父也完成了惩戒自己人的任务，回家去。

和坐轮椅的阿森道别，光伟现身了。他压根儿想不起进村找他的是何许人，为何事，浑浑噩噩地张望。我马上认出他来，分别五十多年，孩儿脸依旧，教我惊讶。我自我介绍，他淡然点头，口头上说记得，但看神情是毫无印象。“我和你在铺子前打过架呢！”那一次他来不及还手，我就撤回铺内，以柜台为屏障，是谓“完胜”。欠了他的，此刻非道歉不可。他摇头，说记不得了。难怪，他那时是没爹妈管教的野孩子，打架是家常便饭。他说：“老了，没办法。”我问他几岁。他说七十三了。他妈妈在旁搭腔：“他的孙子九岁了。”“你哪年出生？”“1942。”“这么说来，比我三个整整大五六岁。”我大骇，叫：“差这么多！上学时怎么看不出来？”“我把他带到广州去，很迟才回来上学。”老太太解释。

想起来了，光伟上小学时以“好字”出名，虽没临过帖，属野狐禅，但用笔早已脱去稚气。“光伟，你写反动标语，这事有没有印象？”光伟又搔搔挨过我的鸡毛掸子的光头，说，记不得。那时光，镇内的大墙壁上，“人民公社是天梯，共产主义是天堂”的巨幅宣传画色彩依然鲜艳，但饥荒已到，食堂关了，市面物质奇缺。山里人在圩场摆卖煮熟的土茯苓，这土名为“硬饭团”的植物块根，几乎成了主食。有一次，我上永盛村背后的公厕，在间隔看到两条“反标”，各五六行字，以铁钉一类硬物刻在粉刷过的木板上，内容是控诉“没饭吃”的世道。我向治保会报告，间隔板作为罪证被拆走。案子很快被侦破，光伟是唯一的作案者。然而，他被关几天以后便回校上课。我猜是“六年级小学生”的身份救了他，如果公安局知道他快满十八岁，该当别论。我站在七十三岁老人对面，想以“少年老成”“铁划银钩”来赞美他昔年蹲在公厕，饿得嘴冒清涎之际写在木板上的字，他却只管发呆。我问：“这些年怎样过？”光伟皱着几乎不见眉毛的眉，反问：

“什么意思？”我暗骂自己愚蠢，五十多年人生从何说起？我改口：“你一直在村里种地？”“哦，差不多，从前在碾米厂干，也当过‘泥水佬’，走江湖。老了，走不动了……”对谈益发艰涩，我本来要说道小河上光屁股的少年怎样在涝水里扎猛子；没一天不挨饿的日子，你村阿焕的妈妈用稗谷磨粉做的糍粑多么耐嚼，但光伟说有事，要走了。告别时手懒洋洋地向上一挥，这动作又教我想起小学五年级打架那一幕。

麻纱布的梦

离开水步镇，晚间在台城友人家的新居投宿。我习惯了早睡，就寝时，木和文腻在阳台上，把童年与水步镇故人种种开掘下去。我呢，整夜作一个情节曲折的梦。

主角是一妙龄女郎，但并非初恋的小情人。脸圆，肤白，秋水般的眸子，似从未见过，又似天天在菜市和小区门口碰面。她和我并无感情瓜葛，至少梦里没有肌肤之亲、床第的过节。她老对我哭穷，说日子难过。我问她是怎么穷法？没吃的？她说不饿，就是缺衣服。我说哎呀，女人的衣橱永远缺最心爱的一件，是不是指“那一件”？她说我连出门穿的衣服也没有！说罢，让我看脸和白藕似的胳膊，“什么也没有是吧？”我说这两处都不必遮盖。

她生气了，不理我。我怜悯她。我允诺，给她缝三件衣服，分别用于早午晚出门。早上的是淡蓝，午间的是碎花，夜间是粉红。够了吧？她点头。然后关门。我疑心她就是崔护诗句“人面不知何处去，桃花依旧笑春风”里的“人面”。

然后，我找裁缝师傅去给她量度尺码。男女授受不亲，拿皮尺在女人的躯体上动来动去，我是干不了的，因为她不是我的情人。师傅是从香港观奇洋服店请来的，老且精瘦，不会对任何人作性骚扰。

裁缝回报，尺寸已有，只等裁剪和缝纫。我要亲手披在她身上。这个仪式，该在横水河的水埠头举行。

万事俱备，我适时地醒来。很好，我对自己说，白天游逛所牵扯的青春债务，以梦来还。忽然想及，布料没有选呢！观奇的老师傅，巧媳妇难为无米之炊。

用什么布料？没选布料，要制皇帝的新衣吗？耳畔适时地响起最心爱的西洋民歌《斯卡布罗集市》，莎拉·布莱曼唱着。销魂荡魄的歌声，教我泣不成声！我马上决定：用从斯卡布罗集市买的麻纱布，舍此无他！

你要去斯卡布罗集市吗？
芫荽、鼠尾草、迷迭香和百里香，
代我向那儿的一位姑娘问好，
她曾经是我的爱人。
叫她替我做件麻纱衬衫，

芫荽、鼠尾草、迷迭香和百里香，
上面不用缝口，也不用针线，
她就会是我真正的爱人。

这样的布料，披在她健美而矜持的青春上，披在欲望奔突的中年上，披在肌肉松弛的晚年上，披在和横水河一般曲折的人生上。

必须马上通知观奇洋服店的师傅！我下意识的动作是拿起手机。号码呢？观奇的香港电话号码呢？再想，那是梦境中的情节。于是，当务之急是回到梦里去。怎么回去？回头看，蚊帐低垂，老妻在呼呼大睡。

木和文这两位和我在“童年”消耗了半天的伙伴该帮得上忙。走进客厅，他们睡得正香。他们彻夜畅聊，躺下不久。阳台外，晨风袅袅，门帘轻拂。天下太平。

尾声

我对着阳台外的无限江山发问：我梦里的“麻纱布”，影射着现实人生的什么？

是小情人站在水埠头，以横水河的水洗濯过的海魂衫吗？

是小情人送给我的新年礼物——一方带香港香水味的手帕（我为它写过诗）吗？

是离开学校，在水步镇当居民的三个月中，偶尔打短工时用的披肩布吗？

淡蓝可是风筝所负的蓝天？碎花可是溪边的蔷薇？粉红可是晚霞？那时我和一般苦闷的同龄人，游荡至郊外，霞光暖暖地敷在才长出胡子的脸上。

后　记

在海内外的台山人圈子，多年来流传一个掌故：一位终老他乡的金山伯，去世前道出一辈子珍藏于心的遗愿——在村后山坡上打几个“猪屎碌”（地道的台山土话，碌，原意为翻滚，指打筋斗）。为何体操动作而冠以“猪屎”？我开头不得要领，请教乡亲才晓得，坡地长草，猪常来光顾并“出恭”，粪便藏草中不易发现，野孩子撒欢时会中招。明知如此，偏悬为重于骨肉团聚和衣锦还乡的终极梦想，可见在家乡度过的童年，是乡愁中的乡愁。

我的童年是在台山市的水步镇度过的。我如今也成了“老金山”，好在比上述的先侨幸运，从美国旧金山到那里，空中加高速公路，二十四小时内可还乡。去国四十多年间还乡数十次。二十年前那一次，趁去深山扫墓之便，在我家所有的老铺子“永益隆”前停留，下车转了一圈。拐角处的铺子，我儿时叫“国民药房”，男老板姓骆，老板娘兼任助产士，据说是她接我来尘世的。我出生后两年，弟弟将出生，她接生出了事故，婴儿夭折，两家从此反目。走到街的尽头，一道大门半开，栅栏上冒出一蓬白发，一位老太太向我微微颔首。她该已超过九十岁，无论如何想不起是谁。过了小半天，回到车上，脑筋一转，不是发小阿庭的母亲吗？阿庭上小学时和我最要好，一次他红着眼睛对我说："完了！刚刚看了一本书，它说地球一万年后爆炸。"我给吓得晚间不敢上楼睡觉。如今回想，这"一万年"才过去不到七十年，爆炸是等不到了。那一次没有走进"永益隆"内，不是没有钥匙，而是店内木梁和楼板朽烂，怕有危险。

想不到，2023年初春，"永益隆"差点成了网红。轰动海内外的电视连续剧《狂飙》热播期间，家乡的"飙粉"给我发来该剧第十五集末尾的截图——水步镇的丁字街，居中是"永益隆"的正面。原来江门市包括水步镇旧区在内，是该剧组的主要取景处。

截图上，"永益隆"三字两侧的窗户十分抢眼，它们是"门脸"的两只眼睛。我从幼年起，趴在窗台上俯瞰尘寰。那年代的生意人多有"茶瘾"。每天早上七点前，街上传来洪亮的咳嗽声和谈话声，老板们向永兴茶楼走去。从父亲口里又知道，镇上人称呼生意人的另一方式——店铺名加老板名中的一个字。"酒厂荣"走过去了，他开的是酿制双蒸或三蒸米酒的"荣丰"酒厂。"缸瓦权"走过去了，他的店，从骑楼下到铺尾摆满陶器，盆、瓮、甑、瓦煲、盛骸骨的“金埕”，应有尽有。“壳厂权”走过去了，他的作坊，把从南部滨海渔业区运来的牡蛎壳放进炉子烧成灰，那就是肥田粉。“竞美荣”走过来了，他是老裁缝，擅长“度身定做”，店名“竞美”。“毡帽祥”走过来了，他在一家铺子的后部租个小房间，承接毡帽修补、清洗、变新的小生意。“百货元”走过来了，这大胖子，开的店是全镇最大的，叫捷元行。“馄饨佐”走过来了，他的店只有三平方米大，只卖这一种食品。刘医师走过来了，他是西医，开的诊所在仁爱路尽头，从窗子看得见门口。一些人被冠上教局外人莫名其妙的绰号。“二尺四”，是开杂货店的刘辉，个子矮是矮，但并非侏儒，被加上这一诨名，为的是和开鞋店的高佬相匹配，后者叫“四尺二”。有的人不上茶楼，在路口出没频繁。首推“卤味寻”，家在临河的世本街，每天大早挑着热气腾腾的担子出门，三角地有他的固定摊位，卖的是卤水煮的萝卜、牛膜、猪肝、猪肚。他那太监一般的尖嗓，“好靓够味卤味来吖……”，足以穿透横水河畔的街巷。

小镇、店铺，构成我童年的基座。有人说，人到了后半生，他的全部努力在于回到童年。这是一个哲学命题，并非简单地重返旧地“抚孤松而盘桓”。“我的小镇”只活在一段特定时空，时空消失，旧物即使幸存也非原样。我写下来，是为了把江河日下的私人记忆固定下来，供人我观照和反思。

然而，记忆并不可靠，所写的街巷名、人名以及事件可能和史实对不上号。幸亏专业本领异乎寻常地出色又富于责任感的责编陈焱先生，已替我纠正、补救不少。如果还有错处，那就由我负责，在此诚恳地向读者道歉。

刘荒田

2023年秋日于美国旧金山